Gustave Aimard

Montonero

Aus dem Französischen übersetzt von A. Wiessner

Gustave Aimard

Montonero
Aus dem Französischen übersetzt von A. Wiessner

ISBN/EAN: 9783743448414

Hergestellt in Europa, USA, Kanada, Australien, Japan

Cover: Foto ©Andreas Hilbeck / pixelio.de

Manufactured and distributed by brebook publishing software (www.brebook.com)

Gustave Aimard

Montonero

I.

Die Straße de-las-Cruces.

Obwohl die Stadt San-Miguel-de-Tucuman nicht
sehr alt ist und ihre Erbauung kaum zwei Jahrhun=
derte hinab reicht, so liegt dennoch, vielleicht wegen
ihrer ruhigen und fleißigen Bevölkerung, ein gewisses
mittelalterliches Etwas über derselben, welches den
alten Kreuzgängen ihrer Klöster und den schwärzlichen,
dicken Mauern ihrer Kirchen im Ueberfluß entströmt.
In den unteren Stadtvierteln wächst das Gras in
den fast beständig öben Straßen, und hier und dort
bieten einige alte, durch die Zeit zerfallenen Gemäuer,
die sich gleichsam nur durch ein unbegreifliches Wun=
der über dem Fluß, der ihre Mauer umspült, im
Gleichgewichte halten, den neugierigen Blicken des
reisenden Künstlers die malerischesten Wirkungen und
die ergreifendsten Gesichtspuncte dar.

ist, und an dem einem Ende an dem Flusse, am andern in die Straße be=los=Mercaderes mündet, ist unstreitig eine der seltsam malerischsten der Stadt.

Zu der Zeit, in welcher sich unsere Geschichte zu= trägt, wie wahrscheinlich noch heute, war der größte Theil der rechten Seite der Straße be=las=Cruces von einem langen und breiten Hause von finsterm und kaltem Aussehen eingenommen, dessen dicke Mauern und schmale mit eisernen Gittern versehene Fenster, es einem Gefängniß ähnlich machte.

Indessen war es kein solches, sondern eine Art Beghinenkloster, deren man noch heut so viele im bel= gischen und holländischen Flandern, das so lange im Besitz der Spanier war, findet. Es diente Frauen aus allen Klassen der Gesellschaft als Zufluchtsort, welche, ohne ein bestimmtes Gelübde ausgesprochen zu haben, vor den Stürmen der Welt geschützt sein und ihre Zeit, die ihnen noch auf der Erde vergönnt war, mit frommen Uebungen und wohlthätigen Wer= ken zubringen wollten.

Uebrigens war dieses Haus, wie der Leser nach der Beschreibung von dem Orte, wo es stand, ein= sehen wird, vollkommen für seine Bestimmung ge= eignet; es herrschte um dasselbe beständig eine solche Ruhe und Friedlichkeit, daß es eher einer geräumigen Todtenstadt, als einer Quasi=Nonnen=gemeinde glich.

Thürschwelle dieses düstern Hauses: Das Jauchzen der Freude wie das Wuthgeschrei, der Festtaumel wie das Grollen des Aufruhrs — Nichts vermochte seine majestätische und finstere Gleichgültigkeit zu un= terbrechen.

Eines Abends indessen, in der Nacht desselben Tages, an welchem der Gouverneur von San=Miguel zu Ehren des durch Zeno Cabral über die Spanier erfochtenen Sieges im Cabildo einen Ball gegeben hatte,*) war gegen Mitternacht eine Truppe bewaff= neter Männer, deren gleichmäßige Schritte dumpf durch die Finsterniß hallten, aus der Straße de=los= Mercaderes in die Straße de=las=Cruces eingebogen und hatte vor der massiven und fest verschlossenen Pforte des bewußten Hauses Halt gemacht.

Der, welcher der Anführer dieser Männer zu sein schien, klopfte dreimal mit seinem Degenknauf an die Thür, die sogleich geöffnet wurde.

Hierauf wechselte er mit leiser Stimme einige Worte mit einer unsichtbaren Person, dann theilten sich auf einen Wink von ihm die Reihen seiner Truppe, worauf vier, in lange Schleier gehüllte Frauen, die man nicht zu erkennen vermochte, schweigend hinter= einander in das Haus traten. Wieder wurden einige Worte zwischen dem Chef der Truppe und dem un=

ſichtbaren Thürſteher jener unheimlichen Wohnung
ausgetauſcht, dann ſchloß ſich die Pforte wieder eben ſo
geräuſchlos, wie ſie geöffnet worden war; die Soldaten
ſchlugen denſelben Weg ein, den ſie gekommen, und
Alles war beendet.

Dieſes ſeltſame Ereigniß hatte ſich zugetragen,
ohne in irgend einer Weiſe die Aufmerkſamkeit der
armen Leute, welche in der Umgegend wohnten, zu
erregen. Der größte Theil derſelben nahm an dem
Feſte in den Straßen oder auf den Plätzen der oberen
Stadtviertel Theil, die Anderen ſchliefen oder waren
zu gleichgültig, alsdaß ſie ſich um irgend welches Ge=
räuſch zu einer ſo ſpäten Nachtzeit hätten kümmern ſollen.

So würden denn am nächſten Morgen die Be=
wohner der Straße de=las=Cruces in die vollſtän=
digſte Unmöglichkeit verſetzt geweſen ſein, über Das
zu berichten, was ſich in ihrer Straße, an der Thür
des ſchwarzen Hauſes, — wie ſie unter ſich
dieſes unheimliche Gebäude nannten, gegen welches ſie
einen inſtinctartigen Widerwillen empfanden und das
ſich durchaus keines guten Rufes in ihrem Geiſte er=
freute — um Mitternacht zugetragen hatte.

Mehre Tage waren ſeit dem Feſte verfloſſen;
die Stadt bot wieder ihren ruhigen und friedlichen
Anblick dar, nur die Truppen hatten ihre Lager noch
nicht aufgehoben — im Gegentheil, ſogar die Montonera
Don Zeno Cabral's hatte ſich in geringer Entfernung
von ihnen niedergelaſſen.

allein so musterhaft den größten wie den kleinsten
Werken, die aus seinen allmächtigen Händen hervor=
gehen, aufzudrücken weiß.

Die Bewohner, die den jungen Mann fortwährend
unter sich bemerkten, hatten sich, angezogen durch seine
sanften Manieren und seine sorglose Miene, allmäh=
lich mit ihm vertraut gemacht, und troß seiner Eigen=
schaft als Europäer und überhaupt als Franzose, —
das heißt Ketzer — hatten sie endlich Freundschaft
mit ihm geschlossen, so daß er überall hingehen konnte,
wohin ihn seine Phantasie führte, ohne daß sie ihn
mit unruhiger Neugierde verfolgten oder mit indis=
creten Fragen ermüdeten.

Ueberdies schien es, bei dem Zustand politischer
Aufregung, in dem sich in diesem Augenblick das
Land befand, wo alle Leidenschaften in Aufruhr waren
und revolutionäre Ideen alle Köpfe verwirrten, so selt=
sam, einen Mann gemächlich, mit lächelnden Lippen
und die Hände in den Taschen, umherschlendern zu
sehen, daß derselbe mit gutem Recht für eine Art
Phänomen gehalten wurde. Jeder beneidete ihn und
fühlte sich zu ihm hingezogen wegen seiner Sorg=
losigkeit; er allein vielleicht bemerkte die durch seine
Gegenwart hervorgebrachte Wirkung nicht, wenn er
über den Platz oder durch die volkreichsten Straßen
der Stadt schritt, und so setzte er seinen Spaziergang

geblich suchten. Einige sogar, die seine Ruhe nicht begreifen konnten, waren nahe daran, ihn wenn auch nicht für vollständig verrückt, so doch für nicht ganz richtig im Kopfe zu halten.

Emil kümmerte sich weder um die Einen noch um die Andern; er setzte sein sorgloses Leben fort, folgte mit den Blicken den Vögeln in ihrem Fluge, lauschte ganze Stunden lang dem geheimnißvollen Rauschen eines Wasserfalles oder begeisterte sich mit unendlicher Wonne bei einem Sonnenuntergang in den Cordilleren.

Dann kehrte er Abends ebenso philosophisch in seine Wohnung zurück, indem er murmelte:

„Ist dies Alles nicht bewunderungswürdig! Ist dies nicht besser als die Politik! Wahrhaftig, man müßte einfältig sein, um es nicht zu bemerken. Diese Leute sind in der That abgeschmackt! Welche Tho= ren! Sie würden so glücklich sein, wenn sie sich dem Leben hingeben wollten, ohne zu suchen, sich von ihren Gebietern zu befreien! Denn wenn diese nicht mehr sind, werden dann nicht sogleich andere kommen! Ge= wiß, sie sind Dummköpfe!"

Am nächsten Morgen begann er wieder seinen Spaziergang und so alle Tage, ohne dieses süße und glückliche Leben überdrüssig zu werden, denn hier be= fand er sich in seinem eigentlichen Element.

Der junge Maler bewohnte, wie wir bereits er= wähnt haben, ein Haus, welches die Regierung von Buenos = Ayres dem Herrn Dübois zur Disposition

gestellt hatte und das unter den Portalen der Plaza=
mayor lag. Sobald der junge Mann aus seinem
Hause trat, befand er sich einer breiten, mit Läden
besetzten Straße gegenüber, die auf den Platz
mündete; es war die Straße Mercaderes. Nun aber
hatte der Maler die Gewohnheit angenommen, gerade
auszugehen und der Straße Mercaderes zu folgen,
die auf die Straße de=las=Cruces mündete; er folgte
derselben und gelangte, ohne einen Umweg zu machen,
an den Fluß. So passirte Emil Gagnepain täglich,
des Morgens, wenn er ging, und des Abends, wenn
er heimkehrte, die Straße de=las=Cruces in ihrer
ganzen Länge.

Da er oft lange Zeit stehen blieb, um die an=
muthige Form mancher Giebel zu bewundern, die
noch aus den ersten Jahren der Eroberung stammten,
so zog er es vor, seinen Weg durch diese einsame
und ruhige Straße zu nehmen, in der er sich frei
seinen Gedanken überlassen konnte, ohne von irgend
einem Unberufenen gestört zu werden, anstatt eine
Straße in den oberen Stadtvierteln einzuschlagen, wo
es ihm unmöglich gewesen wäre, auch nur einen
Schritt zu machen, ohne einem Bekannten zu begegnen,
mit dem er, wenn er nicht für unhöflich gelten wollte,
gezwungen war, einige Worte oder wenigstens einen
Gruß auszutauschen. Alles Dinge, die ihm sehr zu=

Eines Morgens, an welchem Emil Gagnepain
wie gewöhnlich seine Promenade antrat und, ganz in
Gedanken vertieft, der Straße de=las=Cruces folgte,
fühlte er in dem Augenblick, als er an dem Hause,
von dem wir weiter oben gesprochen, vorüberging,
einen leichten Schlag auf seinen Hut, als wenn ein
sehr leichter Gegenstand ihn gestreift hätte, und eine
Blume fiel fast zu seinen Füßen nieder.

Der junge Mann blieb erstaunt stehen, seine
erste Bewegung war, den Kopf aufzuheben, aber er
bemerkte nichts; das alte Haus hatte noch immer
dasselbe düstere und trübe Aussehen.

„Hm!“ murmelte er, „was bedeutet das?
Diese Blume ist doch nicht vom Himmel herabge=
fallen?“

Er bückte sich, hob sie auf und betrachtete sie
aufmerksam.

Es war eine kaum halb erschlossene Rose, die
noch frisch und feucht vom Thau war.

Emil blieb einen Augenblick nachdenklich stehen.
„Das ist sonderbar,“ sagte er, „diese Blume ist vor
kaum einigen Minuten gepflückt worden; wer hat sie
mir denn zugeworfen? Ei!“ setzte er hinzu, in=
dem er um sich schaute, „es wäre in der That schwierig,
zu behaupten, daß sie für einen Andern bestimmt sein sollte,
da ich allein bin. Dies verlangt in Ueberlegung ge=
zogen zu werden. Lassen wir uns nicht durch die
Eitelkeit fortreißen, warten wir diesen Abend ab.“

Und er setzte seinen Weg fort, nachdem er ver= geblich mit forschendem Blicke alle Fenster des düstern Hauses betrachtet hatte.

Dieser Vorfall, so gering er war, reichte hin, um den Künstler während der ganzen Dauer seines Spazierganges seltsam aufzuregen.

Er war jung, und hielt sich für schön, und war mit einer mehr als vernünftigen Dosis Eitelkeit be= gabt. Seine Einbildungskraft regte sich bald; er durchlief in seiner Erinnerung noch einmal alle Liebesgeschichten, die er über Spanien hatte erzählen hören, und gelangte schnell zu dem für seine Eigen= liebe außerordentlich schmeichelhaften Schluß, daß eine schöne Sennora, die von ihrem eifersüchtigen Gatten hier gefangen gehalten wurde, ihn unter ihren Fenstern hatte vorübergehen sehen und, von einer unwidersteh= lichen Leidenschaft für ihn erfaßt, ihm die Blume zu= geworfen habe, um seine Aufmerksamkeit auf sich zu ziehen.

Dieser Schluß war albern, es ist wahr, aber er schien dem Maler so angenehm, weil derselbe, wie wir bereits gesagt haben, den Vortheil hatte, seiner Eitelkeit zu schmeicheln.

Den ganzen Tag über befand sich der junge Mann wie auf glühenden Kohlen: zwanzigmal wollte er um= kehren, aber glücklicherweise kam die Ueberlegung ihm zu Hülfe; er sah ein, daß zu große Eile den Erfolg

beſſer wäre, erſt zu der Stunde wieder vorüber zu
gehen, wo er gewöhnlich nach Hauſe zurückkehrte.

„Auf dieſe Weiſe," ſagte er mit ſchlauer Miene,
indem er über ſich ſelbſt zu ſpotten und, wenn es
möglich war, daß er ſich getäuſcht hatte, vor einer Ent=
täuſchung ſich zu bewahren ſuchte, „wird ſie, wenn ſie
mich erwartet, mir eine andere Blume zuwerfen;
dann werde ich eine Guitarre und einen Mantel von
grauer Farbe kaufen und wie ein Liebender
aus der Zeit des Cid Campeador ihr bei dem hellen
Schein der Sterne meine ſchmachtenden Liebeslieder
ſingen."

Aber trotz dieſer Spöttereien, die er an ſich ſelbſt
richtete, indem er auf's Gerathewohl im Freien um=
herirrte, war er viel mehr in Verlegenheit, als er blicken
laſſen wollte, und ſchaute alle Augenblicke auf die
Uhr, um zu ſehen, ob die Stunde zur Heimkehr noch
nicht herangenaht ſei.

Obwohl man nicht liebt, — und ſicherlich fühlte
der Maler in dieſem Augenblicke nur eine Art Neu=
gierde, deren Urſache er ſich nicht erklären konnte,
denn es war ihm unmöglich, ein anderes als dieſes Gefühl
für eine Perſon zu empfinden, die er nicht kannte, —
ſo hat dennoch das Unbekannte, das Unerwartete ſogar,
wenn man will, einen unbeſchreiblichen Reiz und übt
eine außerordentliche Anziehungskraft auf gewiſſe
Organiſationen aus, die ſich raſch entflammen und
in einem Augenblick Vermuthungen aufſtellen, welche

zur Wirklichkeit zu machen sie nicht zögern, bis die Wahrheit plötzlich wie ein kalter Wasserstrahl die Aufregung in einer Secunde wieder dämpft.

Sobald der Maler glaubte, daß die Stunde zur Rückkehr gekommen sei, trat er seinen Weg nach Hause an. Er erreichte die Straße de=las=Cruces — indem er vielleicht für Jemand, der ein Interesse gehabt hätte, seine Geberden zu beobachten, etwas zu sichtbar die Manieren eines vollkommen gleichgültigen Mannes affectirte — und gelangte bald an das Haus.

Unwillkürlich erröthete der junge Mann; sein Herz schlug heftig in seiner Brust, er hatte Ohrensausen, wie wenn das plötzlich aufgeregte Blut heftig zum Kopfe drängt.

Plötzlich fühlte er einen ziemlich starken Schlag auf seinen Hut.

Rasch erhob er den Kopf.

So schnell aber auch seine Bewegung gewesen war, er sah nichts, allein er hörte ein leises Geräusch, als wenn ein Fenster vorsichtig geschlossen würde.

Ziemlich enttäuscht über diesen zweiten unglücklichen Versuch, die Person kennen zu lernen, die sich so mit ihm beschäftigte, blieb er einen Augenblick unbeweglich stehen. Bald aber erkannte er das Lächerliche seiner Stellung mitten auf der Straße für den wieder, und mit gleichgültiger Miene um sich schauend, suchte er auf dem Boden, wohin der Gegenstand, der ihn so plötzlich getroffen, gefallen war.

Er bemerkte denselben bald einige Schritte von sich.

Diesmal war es keine Blume. Im ersten Augen= blick erkannte er den Gegenstand nicht, denn er war in Papier eingewickelt und sorgfältig mehrmals mit einem purpurfarbenen Seidenfaden umschlungen.

„Oh! oh!“ dachte der Maler, indem er die kleine Papierkugel aufhob und sie rasch in die Tasche seiner Weste barg, die er unter seinem Poncho trug, „das verwickelt sich; sind wir schon so weit, uns zu schreiben? Teufel! Das heißt schnell an die Arbeit gehen.“

Er begann rascher zu gehen, um seine Wohnung zu erreichen, aber bald überlegte er, daß diese unge= wöhnliche Eile die Leute in Erstaunen setzen könnte, die gewohnt waren, ihn daher schlendern zu sehen; er mäßigte daher seine Schritte und nahm seinen ge= wöhnlichen Gang wieder an.

Allein seine Hand griff unaufhörlich in die Tasche, in welcher er den für ihn kostbaren Gegen= stand verborgen hatte.

„Gott verzeih’ mir,“ flüsterte er nach einer Weile, „ich glaube, es ist ein Ring. Oh! oh! das wäre reizend. Wahrhaftig! ich komme auf meine Idee zu= rück, ich werde eine Guitarre und einen bunklen

Mantel kaufen, und indem ich ein Liebesverhältniß mit meiner schönen Unbekannten anspinne, — denn sie ist schön, das ist offenbar — werde ich die Qualen der Verbannung vergessen. Aber," sagte er plötzlich, indem er mitten auf dem Platze stehen blieb und die Arme mit verzweifelter Miene gen Himmel hob, „wenn sie nun häßlich wäre, die häßlichen Frauen haben oft wunderliche Einfälle, ohne daß man weiß, woher sie ihnen kommen. Hu! hu! das wäre schrecklich! Nun, nun, was ich da für Worte mache; der Teufel soll mich holen, wenn ich nicht ein Dummkopf bin; sie kann nicht häßlich sein, aus dem sehr einfachen Grunde, weil alle Spanierinnen hübsch sind."

Und durch dieses Raisonnement, dessen Schluß ziemlich gewagt war, beruhigt, setzte der junge Mann seinen Weg fort.

Wie der Leser bereits selbst bemerkt haben wird, liebte Emil Gagenpain die Selbstgespräche, zuweilen sogar mißbrauchte er dieselben, aber der Fehler lag nicht an ihm: durch den Zufall in ein seltsames Land versetzt, nur wenig vertraut mit der Sprache der Leute, die ihn umgaben, ohne einen Freund, dem er seine Freuden oder Leiden mittheilen konnte, war er genöthigt, sich selbst zu seinem Vertrauten zu machen; denn es ist wahr, der Mensch ist ein durchaus geselliges Thier, und das gemeinschaftliche Leben ist ihm niß, welches er empfindet, sein Herz auszuschütten und mit einem Wesen seiner Art die süßen und peinlichen Gefühle, die ihn bewegen, zu theilen.

Unter solchen Gedanken erreichte der junge Mann das Haus, welches er mit Herrn Dübois gemein= schaftlich bewohnte.

Ein Peone schien auf seine Ankunft zu warten. Sobald er den Maler erblickte, näherte er sich ihm rasch und nachdem er ihn ehrerbietig gegrüßt hatte, sagte er zu ihm:

„Verzeihen Sie, edler Herr, der Herr Herzog hat heute schon mehrmals nach Ihnen gefragt. Er hat befohlen, daß Sie gleich nach Ihrer Ankunft die Güte haben mögen, sich zu ihm zu begeben.“

„Es ist gut,“ versetzte der Maler; „ich werde augenblicklich kommen.“

In der That, anstatt sich nach seiner Wohnung zu begeben, ging er auf die große Treppe zu, die innerhalb des Hofes lag und zu den Zimmern des Herrn Dübois führte.

„Ist es nicht seltsam,“ murmelte er, indem er die Treppe hinanstieg, „daß dieser verteufelte Mensch, von dem ich bis jetzt nichts gehört habe, gerade in dem Augenblicke meiner bedarf, wo ich so sehr wünsche, allein zu sein?“

Herr Dübois erwartete ihn in einem ziemlich reich möblirten geräumigen Salon, in welchem er gesenkten wie ein Mann, der in ernstes Nachdenken verloren ist, auf und ab ging.

Sobald er den jungen Mann erblickte, schritt er rasch auf ihn zu und rief:

„Ach! kommen Sie endlich! Ich erwarte Sie seit beinahe zwei Stunden. Was ist aus Ihnen geworden?"

„Aus mir? Meiner Treu! ich gehe spazieren. Was wollen Sie, daß ich thue? Das Leben ist so kurz."

„Immer derselbe," erwiderte lachend der Herzog.

„Ich werde mich wohl hüten, mich zu ändern; ich bin so am glücklichsten."

„Setzen Sie sich, wir haben ernste Angelegenheiten zu besprechen."

„Teufel!" rief der junge Mann, indem er auf einen Stuhl sank.

„Warum dieser Ausruf!"

„Weil Ihre Einleitung mir von schlechter Vorbedeutung scheint."

„Gehen Sie doch! wo Sie so tapfer sind!"

„Das ist wohl möglich, aber Sie wissen, ich habe eine schreckliche Furcht vor Politik und es ist wahrscheinlich, daß Sie von Politik sprechen wollen."

„Sie haben es sogleich errathen."

„Ich wußte es," sagte der Maler mit verzweifelter Miene.

„Es handelt sich um Folgendes:"

„Verzeihen Sie, könnten Sie diese ernste Unter-

„Weshalb das?"

„Ei, weil dies für mich viel gewonnen wäre."

„Unmöglich," gab Herr Dübois lachend zur Ant=
wort; „Sie müssen Ihren Entschluß darüber
fassen."

„Nun, da es sein muß," entgegnete er seufzend;
„um was handelt es sich denn?"

„Hören Sie in wenigen Worten die ganze That=
sache. Sie wissen, daß die Situation immer schwie=
riger wird und daß die Spanier, die man besiegt zu
haben hoffte, wieder eine kräftige Offensive ergriffen
haben und seit einiger Zeit wichtige Erfolge er=
rangen."

„Ich weiß nichts von Allem, das kann ich be=
zeugen."

„Aber womit bringen Sie denn Ihre Zeit
zu?"

„Ich habe es Ihnen bereits gesagt, ich gehe
spazieren und bewundere Gottes Werke, die ich, unter
uns gesagt, viel erhabener als diejenigen der Menschen
finde, und so bin ich glücklich."

„Sie sind Philosoph."

„Ich weiß nicht."

„Hören Sie in kurzen Worten, um was es sich
handelt: Der Gouverneur ist mit Recht über die
Fortschritte der Spanier erschreckt, er will denselben
ein Ende machen, indem er gegen sie alle Kräfte,

„Das ist sehr vernünftig, aber was vermag ich bei dem Allen?"

„Sie werden sogleich sehen."

„Das soll mir lieb sein."

„Die Regierung will also alle ihre Kräfte concentriren, um einen großen Schlag zu wagen; es sind bereits nach allen Richtungen Boten ausgesandt, um die Generale zu benachrichtigen, aber während man den Feind von vorn angreifen wird, ist es wichtig, um seine Niederlage zu sichern, ihn zwischen zwei Feuer zu bringen."

„Das ist die Kriegskunst Napoleon's."

„Nun aber ist nur ein einziger General im Stande, hinter dem Feinde zu operiren und ihm den Rückzug abzuschneiden; dieser General ist San-Martin, der sich gegenwärtig in Chili, an der Spitze einer Armee von zehntausend Mann befindet. Leider ist es äußerst schwierig, die spanischen Linien zu passiren; ich habe daher dem Rathe ein unfehlbares Mittel vorgeschlagen."

„Es fehlt Ihnen nie an Einfällen."

„Dieses Mittel besteht darin, Sie zu San-Martin zu senden; Sie sind fremd, man wird Ihnen nicht mißtrauen, Sie werden sicher zu ihm gelangen und dem General die Befehle überbringen, deren Träger Sie sein werden."

„Oh! das ist nicht wahrscheinlich."

„Aber es ist möglich; wirklich, mein lieber Herr, Ihr Plan ist reizend."

„Nicht wahr?"

„Ja, aber nachdem ich denselben reiflich erwogen habe, scheint er mir keineswegs angenehm und ich schlage ihn aus. Zum Teufel! Ich sehne mich wenig danach, wie ein Spion gehängt zu werden, und zwar für eine Sache, die mir fremd ist und von der ich kaum etwas weiß."

„Was Sie mir da sagen, kommt mir im höchsten Grade ungelegen, weil ich mich lebhaft für Sie inter= essire."

„Ich danke Ihnen dafür, aber ich ziehe es vor, in meiner Dunkelheit zu bleiben, ich besitze eine ver= zweifelte Bescheidenheit."

„Das weiß ich; leider müssen Sie jedoch durchaus diesen Auftrag übernehmen."

„Oh! das würde Ihnen schwierig sein, mich davon zu überzeugen."

„Sie sind im Irrthum, mein junger Freund, es wird mir im Gegentheil sehr leicht sein."

„Das glaube ich nicht."

„Sehen Sie weshalb: es scheint, daß die vor einigen Tagen im Cabildo festgenommenen Spanier, denen man den Proceß in diesem Augenblick macht,

Pläne eingeweiht seien, kurz, daß Sie einer ihrer Mit=
schuldigen wären."

„Ich!" rief der junge Mann, indem er zornig
auffsprang.

„Sie," erwiderte kalt der Diplomat; „darauf
war die Rede davon, Sie gefangen zu nehmen; der
Befehl war bereits unterzeichnet, als ich die Ausfüh=
rung verhinderte, da ich Sie nicht erschießen lassen
wollte."

„Dafür danke ich Ihnen."

„Sie wissen, wie sehr ich Sie liebe, ich ergriff
eifrig Ihre Vertheidigung, bis ich, vollständig in die
Enge getrieben, und sehend, daß Ihr Verderben be=
schlossen war, kein anderes Mittel fand, um Ihre
Unschuld in Aller Augen klar darzulegen, als indem
ich Sie zum Boten an den General San=Martin
vorschlug, und versicherte, daß Sie glücklich sein
würden, dieses Zeugniß Ihrer Ergebenheit für die
Revolution geben zu können."

„Aber das ist ein schändlicher Hinterhalt!" rief der
junge Mann verzweiflungsvoll aus, „ich bin zwischen
zwei Feuer gerathen."

„Leider! ja, es thut mir herzlich leid; entweder
werden Sie durch die Spanier gehängt, wenn sie sich
Ihrer bemächtigen, — aber sie werden dies
nicht thun — oder erschossen durch Buenos=Ayter,

„Das ist schrecklich!" stöhnte der junge Mann niedergeschmettert, „noch nie hat sich ein ehrlicher Mann in einer so grausamen Lage befunden."

„Zu welcher Parthei halten Sie sich!"

„Habe ich die Wahl?"

„Ei, überlegen Sie."

„Ich nehme Ihren Vorschlag an, und möge die Hölle Diejenigen verschlingen, die sich so gegen mich verschworen haben."

„Nun, nun, beruhigen Sie sich; die Gefahr ist nicht so groß, als Sie vermuthen; ich hoffe, Ihr Auftrag wird ein gutes Ende erreichen."

„Wenn ich bedenke, daß ich nach Amerika ge= kommen bin, um die Kunst zu studiren und der Politik zu entgehen! Was für eine schöne Idee habe ich da gehabt!"

Herr Dübois konnte sich nicht enthalten, zu lachen.

„Beklagen Sie sich, später werden Sie Ihre Abenteuer erzählen."

„Die Sache ist, daß ich so fortfahren werde, wie bisher; ich muß wahrscheinlich sogleich auf= brechen."

„Nein, wir gehen nicht so rasch an die Arbeit, Sie haben die nöthige Zeit, um Ihre Vorbereitungen zu treffen; Ihre Reise wird lang und beschwerlich sein."

„Ueber mich viel Zeit habe ich schieben um mich

„Ich habe acht, höchstens zehn Tage erhalten, ge=
nügt Ihnen dies?"

„Vollkommen. Noch einmal, ich danke Ihnen."

. Das Gesicht des jungen Mannes hatte sich
plötzlich erheitert; mit lächelnden Lippen setzte er
hinzu:

„Und während dieser Zeit kann ich frei über mich
verfügen?"

„Durchaus."

„Wohlan!" versetzte er, indem er Herrn Dübois
kräftig die Hand drückte; „ich weiß nicht warum,
aber ich beginne Ihrer Meinung beizustimmen."

„In welchem Sinne!" fragte der Diplomat, über
die so rasch bewirkte Veränderung in dem Geiste des
jungen Mannes erstaunt.

„Ich glaube, daß Alles besser endigen wird, als
ich Anfangs glaubte."

Und nachdem er den Greis höflich gegrüßt hatte,
verließ er den Salon und begab sich nach seinem
Zimmer.

Herr Dübois folgte ihm eine Weile mit den
Augen.

„Er beabsichtigt irgend eine Thorheit," mur=
melte er, mehrmals den Kopf schüttelnd. „In
seinem Interesse werde ich ihn überwachen."

II.

Der Brief.

Der Maler hatte sich in großer Aufregung in sein Zimmer geflüchtet.

Dort angekommen, schloß er sich in seinem Schlaf= zimmer ein; überzeugt, daß ihn Niemand hier in diesem äußersten Asyl aufsuchen würde, sank er auf einen Stuhl, neigte den Kopf nach vorn, kreuzte seine Arme über die Brust und verfiel, — etwas Seltsames bei einer Organisation wie die seinige — in düsteres und tiefes Nachdenken.

Er durchlebte in seinem durch die traurigen Ah= nungen gepeinigten Geiste noch einmal alle Ereignisse, die seit seiner Landung in Amerika auf ihn einge= stürmt waren.

Die Aufzählung war lang und wenig erfreulich.

Nach einer halben Stunde gelangte der Künstler zu dem betrübenden Schluß, daß seit dem ersten Augenblick, wo er den Fuß in die neue Welt gesetzt,

das Schicksal ein boshaftes Vergnügen daran ge=
funden zu haben schien, sich gegen ihn zu wenden
und ihn zum Spielball der unheilvollsten Combina=
tionen zu machen, so sehr er sich auch bemüht hatte,
beständig außerhalb der Politik zu bleiben und als
wirklicher Künstler zu leben, ohne sich weiter um Das
zu bekümmern, was um ihn herum vorging.

„Wahrhaftig!“ rief er aus, indem er mit der
Faust zornig auf die Lehne seines Stuhles schlug,
„man muß gestehen, daß ich kein Glück habe! Unter
solchen Umständen wie diese, wird das Leben buchstäb=
lich unmöglich! Es wäre hundertmal besser für mich
gewesen, in Frankreich zu bleiben, wo man mich
wenigstens ruhig und ungestört leben ließ, wie es mir
gefiel! Eine hübsche Lage, in der ich mich befinde,
mich ohne zu wissen warum, zwischen Erschießen und
Galgen gestellt zu sehen. Aber ist das nicht albern!
Der Teufel hole alle Amerikaner und Spanier! Ob
sie sich nicht unter einander herumstreiten könnten,
ohne einen armen Maler, der nichts dafür kann, und
nur aus Liebhaberei in ihrem Lande reist, hinein zu
mischen! Sie verstehen die Gastfreundschaft auf eine
seltsame Weise, diese Burschen! Ich mache Ihnen
mein aufrichtiges Compliment dafür! Und ich, der ich
überzeugt war, daß Amerika das gastfreundlichste
Land sei, das Land der einfachen und patriarcha=
lischen Sitten! Vertraut nur den Beschreibungen!

ein Vergnügen daran finden, öffentlich den Irrthum
zu verbreiten! Was soll ich thun? Was soll aus
mir werden? Ich habe acht Tage vor mir, hat mir
jener alte Luchs von Diplomat gesagt — auch einer,
dem ich eine ewige Dankbarkeit für seine Handlungs=
weise gegen mich bewahren werde! Welchen ange=
nehmen Landsmann habe ich da gefunden! Doch
einerlei, ich muß einen Entschluß fassen! Aber
welchen? — ich sehe nur die Flucht vor mir! Hm, hm,
die Flucht, das ist nicht so leicht, ich werde über=
wacht! Leider haben wir keine Wahl; sehen wir, ob
wir einen Fluchtversuch machen können. Das Schick=
sal will aus meinem Leben ein Melodrama machen,
während ich aus allen Kräften versuchen werde, es
zu einem Vaudeville umzugestalten!"

Darauf begann der junge Mann, bei dem un=
willkürlich die Heiterkeit seines Characters die Ober=
hand gewann über die Unruhe, die ihn bewegte,
halb lachend, halb ernsthaft auf's Neue zu über=
legen.

So verharrte er wohl eine Stunde, ohne sich von
seinem Stuhle zu rühren oder die geringste Bewegung
zu machen.

Wir brauchen nicht zu sagen, daß er nach dieser
Zeit eben so weit war als vorher, das heißt, daß
er kein Auskunftsmittel gefunden hatte.

„Nun, ich verzichte darauf," rief er aus, indem
er rasch aufsprang; „meine Einbildungskraft ver=

weigert mir eigensinnig ihre Hülfe. Das ist immer so! Doch einerlei, ich, der ich stets Aufregungen wünschte, darf mich nicht beklagen; ich glaube, daß mein Leben seit einiger Zeit noch dazu mit den pikantesten geschmückt ist."

Er begann mit großen Schritten in seinem Zimmer auf und ab zu gehen, um seine Beine wieder gelenkig zu machen; mechanisch drehte er eine Cigarrette und suchte in seiner Tasche nach einem Zündhölzchen, um sie anzuzünden.

Bei dieser Bewegung fühlte er in der Seitentasche seiner Weste einen Gegenstand, den er sich nicht erinnerte, hineingethan zu haben. Er zog ihn heraus und betrachtete ihn.

„Wahrhaftig!" rief er aus, indem er sich vor die Stirn schlug, „ich hatte vollständig meine geheimnißvolle Unbekannte vergessen; was ist nun aller Kummer! Wenn dies nur acht Tage dauert, bin ich überzeugt, daß ich total den Kopf verlieren werde. Sehen wir, was es für ein Gegenstand ist, den sie so geschickt auf meinen Hut hat fallen lassen."

Also sprechend, hatte der Maler die kleine Papierkugel aus seiner Tasche gezogen und sie aufmerksam betrachtet.

unter ihnen kommt, das Privilegium hat, uns sogleich zu interessiren."

Er drehte mehre Augenblicke das Papier in seinen Händen herum, ohne sich entschließen zu können, den Seidenfaden zu lösen, der allein ihn verhinderte, seine Neugier zu befriedigen, indem er in seinem Commentare über den wahrscheinlichen Inhalt dieser Botschaft fortfuhr.

Endlich nach einer plötzlichen Willensanstrengung, machte er seinem Zögern ein Ende, und öffnete mit seinen Zähnen den dünnen seidenen Faden; dann rollte er das Papier sorgfältig auseinander. Dasselbe diente, wie der junge Mann gemuthmaßt hatte, nur als Umhüllung, es enthielt ein anderes, sorgfältig zu= sammen geknifftes Papier, das gänzlich mit einer feinen, gedrängten Schrift bedeckt war.

Unwillkürlich empfand der junge Mann ein ner= vöses Zittern, als er dieses Papier auseinander faltete, welches einen Ring umschloß.

Dieser Ring war nur ein einfacher goldener Reif, in welchen ein blaßrother Rubin von großem Werthe gefaßt war.

„Was bedeutet das?" murmelte der junge Mann, indem er den Ring bewunderte und ihn mechanisch an allen seinen Fingern versuchte.

Aber obwohl der Künstler eine sehr schöne Hand hatte, worauf er — beiläufig gesagt, — sehr stolz war, war dennoch dieser Ring so klein, daß er ihn nur auf den kleinen Finger schieben konnte, und auch dies nur mit großer Schwierigkeit.

„Die Person hat sich offenbar getäuscht,“ fing der Maler wieder an; „ich kann diesen Ring nicht behalten, ich muß ihn ihr wiedergeben, koste es, was es wolle, aber um dies zu thun, muß ich sie kennen, und ich habe kein anderes Mittel, um dieses Resultat zu erlangen, als ihren Brief zu lesen. Lesen wir ihn also.“

Der Künstler war in diesem Augenblick in der seltsamen Lage eines Menschen, der einen Abhang herunter gleitet, an dessen Fuße er einen Abgrund erblickt, und der nicht die Kraft in sich fühlt, mit Erfolg dem Impuls zu widerstehen, der ihn treibt, und sich selbst zu beweisen sucht, daß er Recht hat, sich dem Strome zu überlassen, der ihn fortreißt.

Aber bevor er das Papier öffnete, welches er scheinbar sehr nachlässig in der Hand hielt und welches er nur geringschätzende Blicke warf, — denn obwohl man sagt, daß der Mensch nach dem Bilde Gottes gemacht ist, so bleibt er doch sich selbst gegenüber, — selbst wenn ihn Niemand beobachtet — Schauspieler, weil er versucht, seiner Eigenliebe Genugthuung zu gewähren. So ging denn auch der Künstler an die Thür und versuchte den Riegel, berechneter Langsamkeit zu seinem Stuhl zurück, setzte sich und entfaltete das Papier.

Es war in der That ein Brief, mit feiner und gedrängter Schrift geschrieben, die aber nervös und erregt schien, was sogleich die Hand einer Frau er= rathen ließ.

Der junge Mann überflog dieselbe anfangs rasch mit den Blicken und that, als habe er nur ein ge= ringes Interesse beim Lesen, aber bald fühlte er sich unwillkürlich durch den Inhalt beherrscht; je weiter er in seiner Lectüre vorschritt, um so mehr wuchs sein Interesse, und als er endlich bei dem letzten Worte angelangt war, blieben seine Augen starr auf dem Papiere haften, das in seinen convulsivisch zu= sammengepreßten Händen zitterte. Eine ziemlich lange Zeit verfloß, bevor es ihm gelang, die seltsame Be= wegung zu beherrschen, welche in ihm der sonderbare Inhalt des Briefes hervorgerufen hatte.

Das Schreiben, dessen Original sich lange in unsern Händen befunden hat und welches wir wörtlich und ohne Commentar wiedergeben, enthielt Folgendes:

„Vor Allem, Sennor, lassen Sie mich, von Ihrer Seit ein Versprechen verlangen, welches Sie, das bin ich überzeugt, halten werden, denn ich fühle, daß Sie ein wirklicher Caballero sind; ich fordere also, daß Sie diesen Brief ohne Unterbrechung bis zu Ende lesen, bevor Sie irgend ein Urtheil über Die fällen, welche ihn geschrieben hat.

„Sie haben dieses Versprechen geleistet, nicht wahr? Gut, ich danke Ihnen für den Beweis von Vertrauen und beginne ohne weitere Einleitung.

„Sie sind Franzose, Sennor, wie ich vermuthe, und ich glaube mich in meinen Muthmaßungen nicht zu täuschen, das heißt der Sohn eines Landes, wo die Galantrie und die Ergebenheit gegen die Damen Allem vorangeht, und wie man sagt, bilden diese beiden Eigenschaften die hervorragendste Seite des Characters der Männer.

„Auch ich bin, wenngleich nicht Französin, so doch in Europa geboren, das heißt, obwohl Ihnen unbe= kannt, Ihre Freundin, fast Ihre Schwester auf jenem fernen Gebiet, so daß ich ein Recht auf Ihren Schutz habe, und ich komme dreist, Ihre Biederkeit in Anspruch zu nehmen.

„Da ich nicht will, daß Sie mich von vorn her= ein für eine Abenteuererin halten, überhaupt nach der etwas außer aller gesellschaftlichen Convenienz liegenden Art und Weise, wie ich mit Ihnen in Ver= bindung trete, so will ich Ihnen in wenigen Worten, nicht meine Geschichte mittheilen, — dieß hieße: Ihre kostbare Zeit ohne vernünftigen Grund in Anspruch nehmen, — sondern Ihnen sagen, wer ich bin und welche Gründe mich gezwungen haben. einige Augen= blicke Ihnen

bekannt machen, welchen Dienst ich von Ihnen
erbitte.

„Mein Gemahl, der Marquis von Castelmelhor,
befehligt eine Abtheilung der brasilianischen Armee,
welche, wie man sagt, seit einigen Tagen das Buenos=
Ayrische Gebiet betreten hat.

„Ich kam mit meiner Tochter und einigen
Dienern aus dem oberen Peru, in der Absicht, meinen
Mann in Brasilien aufzusuchen, denn ich kannte die
Ereignisse nicht, die seit Kurzem stattgefunden hatten;
ich wurde durch eine Buenos=Ayrische Montonero
überrascht, entführt und zur Kriegsgefangenen erklärt,
und mit meiner Tochter in das Haus eingesperrt,
vor welchem Sie zweimal täglich vorübergehen.

„Wenn es sich nur für mich um eine mehr oder
weniger lange Gefangenschaft handelte, so würde ich,
im Vertrauen auf Gottes allmächtige Güte, mich da=
rein ergeben, ohne mich zu beklagen.

„Leider aber b   mir ein schreckliches Schicksal,
eine furchtbare Gefa   chwebt nicht allein über meinem
Haupte, sondern auch über dem meiner Tochter, meiner
unschuldigen, reinen Eva.

„Ein unversöhnlicher Feind hat unser Verderben
beschlossen, er hat uns laut als Spione angeklagt,
u   einigen Tagen, vielleicht morgen schon, —
         r Mann erfreut sich eines ungeheuren An=
         ter den Mitgliedern der Regierung dieses

gerichtet zu werden; das Urtheil desselben kann nicht zweifelhaft sein: Tod der Verräther und Schande! Die Marquise von Castelmelhor würde sich nie zu einer solchen Schmach entschließen.

„Gott, der die Unschuldigen, die sich in ihrer Herzensangst ihm vertrauen, nie verläßt, hat mir den Gedanken eingegeben, mich an Sie zu wenden, Sennor, denn Sie allein können mich retten.

„Werden Sie es wollen? Ich glaube es.

„Fremd in diesem Lande, theilen Sie weder die Vorurtheile, noch die engherzigen Ideen und den Haß seiner Bewohner gegen die Europäer. Sie werden gemeinschaftliche Sache mit uns machen und versuchen, uns zu retten, wäre es selbst mit Gefahr Ihres Lebens.

„Ich habe lange gezögert, bevor ich diesen Brief schrieb. Obwohl Ihre Manieren die eines edlen Mannes sind, der redliche Ausdruck Ihres Gesichts und selbst Ihre Jugend zu Ihren Gunsten bei mir sprachen, so fürchtete ich dennoch, mich Ihnen zu vertrauen; aber als ich hörte, daß Sie Franzose sind, schwanden meine Befürchtungen, um dem vollkommensten Vertrauen Platz zu machen.

„Morgen früh zwischen zehn und elf Uhr klopfen Sie dreist an die Thür des schwarzen Hauses, sobald

„Vor Allem, Vorsicht denn! wir werden sorgfältig überwacht. Vielleicht wäre es gut, wenn Sie sich verkleideten, um zu vermeiden, erkannt zu werden, für den Fall, daß man Ihr Vorhaben auszukundschaften suchte.

„Erinnern Sie sich, daß Sie die einzige Hoffnung von zwei unschuldigen Frauen sind, die, wenn Sie ihnen Ihre Stütze verweigern, sterben werden, indem sie Sie verfluchen, denn ihr Wohl hängt von Ihnen ab.

„Auf morgen also zwischen zehn und elf Uhr früh."

„Die unglücklichste der Frauen.

„Marquise Leona de Castelmelhor."

Keine Feder wäre im Stande, den Ausdruck des Erstaunens und Schreckens zu schildern, der sich auf dem Gesichte des jungen Mannes malte, als er diese seltsame Botschaft beendet hatte, die auf eine so ungewöhnliche Weise in seine Hände gelangt war.

Wie wir bereits erwähnten, starrte er lange Zeit auf das Papier, ohne wahrscheinlich die Buchstaben, die darauf geschrieben waren, zu erkennen; mit nach vorn geneigtem Körper und zusammengepreßten Händen schien er, aller Vermuthung nach in keine sehr heitern Gedanken verloren.

Ohne auf die für seine Eigenliebe empfindliche Niederlage zu achten — die für einen Mann sehr unangenehm ist, der mehre Stunden hindurch seine

Einbildungskraft in den lachendsten Bildern sich er=
gehen läßt, und der sich für den Gegenstand einer
plötzlichen nnd unwiderstehlichen Leidenschaft hält, die
er durch seine männliche Schönheit und sein Don
Juan artiges Aussehen hervorgerufen glaubte, —
setzte ihn der Dienst, den die Unbekannte von ihm
verlangte, in große Verlegenheit, überhaupt in der
besondern Lage, in der er selbst sich in diesem Augen=
blicke befand.

„Der Zufall ist auch zu sehr gegen mich,‟ mur=
melte er mit leiser Stimme, indem er zornig mit der
Hand auf die Lehne seines Fauteuils schlug; „das
grenzt wirklich an's Alberne, mich als Beschützer hin=
zustellen, wo ich selbst so sehr des Schutzes bedarf!
In der That, der Himmel ist nicht gerecht, einen
braven Burschen, der nur nach Ruhe seufzt, von allen
Seiten quälen zu lassen.‟

Er stand auf und begann mit großen Schritten
in seinem Zimmer auf und ab zu gehen.

„Indessen,‟ setzte er nach einer Weile hinzu,
„diese Damen sind in einer schrecklichen Lage, ich kann
sie nicht so verlassen, ohne zu versuchen, ihnen zu
Hülfe zu kommen, meine Ehre ist dabei im Spiel,
in einem fremden Lande repräsentirt ein Franzose
Frankreich. Aber was ist zu thun?‟

Er setzte sich abermals und schien in ernste Träu=
mereien verloren; endlich, nach beinahe einer Viertel=
stunde, erhob er sich wieder und sagte:

3*

„So wird es gehen, ich sehe nur dies eine Mittel; wenn es mir nicht gelingt, so habe ich mir keinen Vorwurf zu machen, denn ich werde mehr gethan haben, als meine gegenwärtige Lage und überhaupt die Vorsicht mir zu versuchen erlaubt."

Emil hatte offenbar einen Entschluß gefaßt.

Er öffnete die Thür und ging in den Hof hinab.

Es war beinahe Mitternacht; die Peonen ruhten sich nach ihrer mehr oder weniger gut vollbrachten Arbeit aus, und rauchten, lachten und plauderten mit einander.

Der Maler brauchte nicht lange zu suchen, um seine Diener inmitten der zwanzig bis fünfundzwanzig Individuen zu entdecken, die im bunten Durcheinander auf dem Pflaster ausgestreckt lagen.

Er winkte dem Einen von ihnen, herauf zu kommen, und begab sich sogleich wieder in sein Zimmer.

Auf das Zeichen seines Herrn hatte sich der Indianer sogleich erhoben, um seinem Gebieter zu gehorchen.

Es war ein noch sehr junger Guaranis-Indianer von höchstens fünfundzwanzig Jahren, mit schönen, feinen und intelligenten Gesichtszügen, schlankem Wuchs, kräftigem Aussehen und freien ungezwungenen Manieren.

Er trug die Gauchotracht der Pampa und hieß Thyro.

Auf den Ruf seines Gebieters, hatte er seine

Cigarette fortgeworfen, seinen Hut und Mantel ge=
nommen und war mit Lebendigkeit die Treppe hin=
aufgeeilt.

Der Maler liebte diesen jungen Mann sehr, der,
obwohl von einem sehr verschlossenen Character, wie
alle seines Gleichen, dennoch eine gewisse Zuneigung
zu ihm zu haben schien.

Bei dem Schlafzimmer angekommen, überschritt
er nicht die Schwelle, sondern blieb stehen, grüßte
ehrerbietig und wartete, daß es seinem Herrn gefallen
möchte, das Wort an ihn zu richten.

„Komm herein und mache die Thür zu," sagte
der Maler freundlich zu ihm, „wir haben über
wichtige Dinge zu sprechen."

„Geheime, mein Gebieter!" fragte der In=
dianer.

„Ja."

„Dann, Herr, will ich, mit Ihrer Erlaubniß die
Thür im Gegentheil offen lassen."

„Weshalb diese Laune?"

„Es ist keine Laune, mein Gebieter, alle jene
Cuartos, die draußen den Boden bedecken, sind taub
geworden, wie leicht kann sich da ein Spion einschlei=
chen, an der Thür horchen und Alles hören, was wir
uns sagen würden, um so mehr, als wir selbst, durch
unsere eigene Unterhaltung in Anspruch genommen
seine Gegenwart nicht bemerken würden. Wenn da=
gegen die Thüren offen bleiben, wird Niemand ein=

treten, ohne daß wir ihn sehen und dann laufen wir keine Gefahr ausspionirt zu werden."

„Deine Bemerkung ist ganz vernünftig, mein guter Thyro, laß also die Thür offen; Vorsicht kann nicht schaden, obwohl ich an keine Spione glaube."

„Glaubt mein Gebieter nicht an die Nacht," versetzte der Indianer mit emphatischer Geberde, „der Spion ist wie die Nacht, er schleicht gern in der Finsterniß herum."

„Mag sein, ich will nicht länger mit Dir streiten; kommen wir zur Sache, weshalb ich Dich rufen ließ."

„Ich höre, mein Gebieter."

„Vor allen Dingen, Thyro, beantworte mir offen die Frage, die ich an Dich richten will."

„Mein Gebieter rede."

„Merke wohl, ich werde über Deine Offenheit nicht böse sein; achte wohl auf meine Frage, um sie mir nach bestem Bewußtsein zu beantworten, bist Du für mich nur ein guter Dienstbote, der genau seine Pflichten erfüllt, oder ein ergebener Diener, auf welchen ich mit Recht zu jeder Zeit rechnen kann?"

„Ein ergebener Diener, Herr, ein Bruder, ein Sohn, ein Freund; Sie haben meine Mutter von einer Krankheit, die unheilbar schien, errettet; als Sie den Rancho gekauft haben, anstatt sie und mich daraus zu verjagen, haben Sie der alten Frau ihr Haus, ihren Garten und ihre Heerde erhalten. Mich haben Sie als Mensch behandelt, indem Sie mir nie einen rauhen Befehl ertheilten, oder mich nöthigten, entehrende Dinge zu vollziehen, obgleich ich ein Indianer bin. Sie haben mich stets als ein vernünftiges Wesen betrachtet und nicht wie ein Thier, das nur Instinct hat. Ich wiederhole Ihnen, Herr ich bin Ihnen ergeben in Allem und für Alles."

„Hab' Dank, Thro," antwortete der Maler bewegt, „ich wußte bereits, was Du mir eben sagtest, aber ich wollte es von Dir selbst bestätigen hören, denn ich bedarf Deiner."

„Ich bin bereit, was soll ich thun?"

Trotz dieses offenen Geständnisses, beabsichtigte der Maler, der noch wenig mit dem Character jener urwüchsigen Rassen vertraut war, durchaus nicht, den Indianer vollständig zum Vertrauten seiner Geheimnisse zu machen.

Die zu große Civilisation macht mißtrauisch.

Der Guaranis bemerkte leicht das Zögern des Künstlers, dessen Gesicht, da er wenig gewöhnt war, etwas zu verbergen, wie ein Spiegel seine innern Bewegung reflectirte.

„Mein Gebieter braucht Thro nichts zu sagen," begann er mit einem Lächeln; „der Indianer weiß Alles"

„Wie!" rief der junge Mann, und sprang überrascht auf, „Du weißt Alles?"

„Ja," versetzte Jener ein

„Ei! der Seltsamkeit wegen, würde es mir lieb
sein, wenn Du mir sagtest, bis wie weit sich dieses
Alles erstreckt, weren Du so ungezwungen sprichst,“
fuhr der Maler fort.

„Das ist nicht schwer; mein Gebieter höre.“

Darauf berichtete Tyro zum größten Erstaunen
des jungen Mannes, ohne das Geringste auszulassen,
Alles, was er seit seiner Ankunft in San=Miguel=de=
Tucuman gemacht hatte.

Indessen erlangte Emil nach und nach durch eine
mächtige Willensanstrengung seine Kaltblütigkeit wie=
der, wenn er mit innerer Freude daran dachte, daß
diese übrigens so vollständige Erzählung eine für ihn
wichtige Lücke habe: er hatte bei dem heutigen Mor=
gen inne gehalten, Tyro wußte also nichts von dem
Abenteuer in der Straße de=las=Cruces.

Da er indessen fürchtete, daß diese Lücke vielleicht
nur ein Vergessen sein konnte, so beschloß er, sich dessen
zu versichern:

„Gut,“ sagte er, „Alles, was Du mir berichtest,
ist die vollkommene Wahrheit, aber Du vergaßest,
meiner Promenade durch die Stadt zu erwähnen.“

„Oh! was das anbetrifft,“ antwortete der India=
ner lächelnd, „so ist es unnütz, sich damit zu beschäf=
tigen, der Herr verbringt seine ganze Zeit damit, zu
träumen, den Himmel anzublicken und spazieren zu
gehen; man hat nach zwei Tagen eingesehen, daß es
nicht der Mühe werth war, ihm zu folgen.“

„Teufel! man folgte mir also, ich wußte nicht, daß ich solche Freunde hätte, die ein so großes In= teresse für mich haben."

Ein zweideutiges Lächeln schwebte auf den geist= reichen Lippen des Indianers, aber er antwortete nicht.

„Du kennst ohne Zweifel die Person, die mich verfolgte?"

„Ich kenne sie, ja, Herr."

„Du wirst mir also ihren Namen nennen?"

„Ich werde ihn nennen, sobald es Zeit sein wird, dies zu thun, aber sie ist nur ein Werkzeug, überdies wenn diese Person Sie für Rechnung eines Andern ausforschte, so wachte ich inzwischen über Ihr Wohl, Herr, und was sie berichten kann, ist nur von gerin= ger Wichtigkeit; ich allein bin im Besitz Ihrer Ge= heimnisse, also können Sie ruhig sein."

„Wie? Du besitzest meine Geheimnisse," rief der Maler, von Neuem außer Fassung gebracht, in dem Augenblick, wo er es am wenigsten erwartete, „welche Geheimnisse?"

„Die weiße Rose und den Brief aus der Straße de=las=Cruces, aber ich wiederhole Ihnen, daß ich dies allein weiß."

„Das ist wirklich zu viel," murmelte der junge Mann.

„Ein treuer Diener," antwortete ernst der India= ner, der die Worte des Malers verstanden hatte, „muß Alles wissen, um, sobald die Stunde da ist, wo sein

Beistand nothwendig wird, im Stande zu sein, seinem Gebieter zu Hülfe zu kommen."

Darauf geschah mit dem Künstler, was mit den meisten Menschen in ähnlichen Fällen vorgeht. Da er sah, daß es keine Mittel gab, es zu ändern, so beschloß er, sich dem Indianer vollständig anzuvertrauen, und gestand ihm Alles mit der größten Offenheit, in Bezug auf welche sich der Guaranis nicht geschmeichelt gefühlt haben würde, wenn er die Motive dazu gekannt hätte. Obwohl es sich der Maler selbst nicht ganz eingestand, so handelte er doch nur unter dem Drucke der Nothwendigkeit und da er das Unnütze erkannte, einem so scharfblickenden Diener das Geringste zu verbergen, so zog er es vor, sich vollkommen in seine Hände zu geben, indem er auf diese Weise hoffte, daß er ihn nicht verrathen würde. Einen Augenblick hatte er den Gedanken, ihn niederzuschießen, aber indem er überlegte, wie gefährlich ein solches Mittel zumal in seiner Lage sei, so wollte er es mit scheinbarer Güte und Offenheit versuchen.

Glücklicherweise hatte es der Maler mit einem ehrlichen und wirklich treuen Menschen zu thun; was jedem Andern gegenüber ihm wahrscheinlich zum Verderben gereicht haben würde, war dieser es, der ihn rettete.

Thyro hatte lange Zeit das Leben der Gauchos geführt, in den Pampas gejagt und die Wildniß nach allen Richtungen durchstreift. Er kannte die List der

Indianer aus dem Grunde: nichts war ihm daher
leichter, als seinem Herrn als Führer zu dienen, um
ihn nach dem oberen Peru, Buenos=Ayres, Chili oder
selbst Brasilien zu führen.

Sobald das Vertrauen zwischen beiden Männern
hergestellt war, was der Franzose anfangs nur mit
scheinbarer Offenheit gethan, überließ er sich demsel=
ben bald mit all' der naiven Geradheit seines Cha=
racters, glücklich darüber, in diesem Lande, wo Jeder
ihm feindselig war, einen Menschen zu finden, der
ihm Sympathie erwies, selbst wenn dieselbe auch mehr
scheinbar als wirklich war. Er war der Erste, der
seinen Diener ernst um Rath fragte.

„Hören Sie, was zu thun ist,“ antwortete dieser
„hier im Hause scheint mir Alles verdächtig; es ist
von Spionen angefüllt; thun Sie, als wären Sie
über mich in Zorn gerathen, und jagen Sie mich
fort. Morgen zur Zeit, wenn Sie Ihren gewöhnli=
chen Spaziergang machen, werde ich mich auf Ihrem
Wege einstellen, und dann wollen wir Alles verabre=
den. Unser Gespräch hat bereits zu lange gedauert,
mein Gebieter; der Verdacht ist erregt, ich will hinun=
tergehen, als wäre ich von Ihnen grob behandelt
worden. Folgen Sie mir bis zum Eingang des
Zimmers, sprechen Sie laut und im Zorn zu mir;
dann kommen Sie nach einer Weile hinunter und
schicken mich vor Allen fort. Ueberhaupt, Herr,“ setzte
er, absichtlich die letzten Worte betonend hinzu, „seien

Sie verschwiegen gegen die Bewohner dieses Hauses, damit sie unsere Absicht nicht errathen; wenn nicht, so sind Sie verloren, glauben Sie mir!"

Nach diesen Worten entfernte sich der Indianer, indem er zwei Finger auf seinen Mund legte.

Alles wurde so ausgeführt, wie es zwischen Herr und Diener verabredet war.

Thro wurde gleich darauf aus dem Hause gejagt, das er brummend verließ, und Emil ging wieder in sein Zimmer hinauf, indem er sämmtliche Personen ganz verdutzt über die Scene zurückließ, welche sie von Seiten eines Mannes, den sie gewöhnlich so gü= tig und duldsam zu sehen gewöhnt waren, nicht er= wartet hatten.

Am andern Morgen trat der Maler zur selben Zeit seinen gewöhnlichen Spaziergang an, während er scheinbar mit der größten Gleichgültigkeit sich von Zeit zu Zeit umblickte, um zu sehen, ob ihm auch Niemand folge. Aber diese Vorsicht war unnütz Keiner dachte daran, seine Promenade zu überwachen, man wußte, daß sie durchaus ungefährlich war.

Am Ufer des Flusses, einige hundert Schritt von der Stadt entfernt, angekommen, trat ihm plötzlich ein Mann entgegen, der hinter einem Felsen verborgen gewesen.

Der junge Mann unterdrückte einen Schrei der Ueberraschung, er hatte Thro, den Guaranis, er= kannt, den am vorigen Abend verabschiedeten Diener, der ihrer gegenseitigen Uebereinkunft nachkam.

III.

Die Gefangenen.

Beinahe in demselben Augenblicke, wo die Glocke des Cabildo von San=Miguel=be=Tucuman halb elf schlug, klopfte ein Mann an die Pforte des geheimnißvollen Hauses der Straße be=las=Cruces.

Dieses Individuum, fast wie die reichen Hand= werker der Stadt gekleidet, war ein Mann von mitt= lem Wuchs, leicht durch das Alter gebeugt; spärliches graues Haar kam unter seinem breitrandigen Stroh= hute hervor; er trug eine blaue Brille und stützte sich auf einen Rohrstock; übrigens war sein Aussehen sehr respectabel, die olivenfarbenen Tuchbeinkleider und der Mantel von Chilenischer Fabrication, welcher seine obere Kleidung bedeckte, ließ nichts zu wünschen übrig.

Nach einigen Minuten wurde ein Schiebfenster= chen in der Thür geöffnet und hinter demselben er= schien ein weiblicher Kopf.

„Wer sind Sie? und was wollen Sie hier, Sen= nor?" sagte eine Stimme.

„Sennora!“ antwortete der Greis, leicht hüſtelnd, „entſchuldigen Sie meine Dreiſtigkeit, ich habe gehört, daß man in dieſem Hauſe einen Muſiklehrer wünſcht; wenn ich mich geirrt habe, ſo bleibt mir nichts An= deres übrig, als mich zu entfernen, indem ich Sie noch einmal um Entſchuldigung bitte.“

Während der Greis dieſe wenigen Worte im na= türlichſten und ſcheinbar ungezwungenſten Tone ſprach, betrachtete ihn die hinter dem Schiebfenſter ſtehende Frau mit der größten Aufmerkſamkeit.

„Warten Sie,“ antwortete ſie nach einer Weile. Das Schiebfenſter ſchloß ſich wieder.

„Hm!“ murmelte mit leiſer Stimme der Lehrer, „der Platz iſt gut bewacht.“

Ein Geräuſch von Riegeln und Ketten, die man öffnete, ließ ſich vernehmen, und die Thür wurde ge= öffnet, um eine Perſon einzulaſſen.

„Treten Sie ein,“ ſagte darauf in hochmüthigem Tone die Frau, die ſich zuerſt am Schiebfenſter ge= zeigt hatte, und welche die Schließerin dieſer Art Klo= ſter zu ſein ſchien.

Der Greis trat langſam ein, ſeinen Hut in der Hand, verneigte er ſich tief.

Der Anblick ſeines kahlen Kopfes, der nur hier und da mit einigen grauen Haarbüſcheln bedeckt war, ſchien der Schließerin Vertrauen zu erwecken.

„Folgen Sie mir,“ ſagte ſie in weniger mürriſchem

Tone, „und ſetzen Sie Ihren Hut auf, die Corridore ſind kalt und feucht.‟

Der Greis verbeugte ſich, ſetzte ſeinen Hut wie=
der auf, und auf ſeinen Stock geſtützt, folgte er der
Schließerin mit jenem ſchleppenden Schritt, der den
Perſonen eigenthümlich iſt, die die Mitte des Lebens
überſchritten haben.

Die Schließerin ließ ihn durch lange Gänge gehen,
die ſich um ſich ſelbſt zu winden ſchien, und die end=
lich in einen ziemlich geräumigen Kreuzgang auslie=
ſen, in deſſen Mitte ein Gebüſch von Lorbeerroſen
und Orangenbäumen ſtand, aus denen ein Waſſer=
ſtrahl hervorſprang, der geräuſchvoll in ein weißes
Marmorbecken fiel.

Die Wände dieſes Kreuzganges, auf den einige
dreißig Zellen ſich öffneten, waren mit Gemälden
von ziemlich mittelmäßiger Ausführung geſchmückt,
welche die verſchiedenen Epiſoden aus dem Leben der
Nueſtra Sennora de=la=Soledad oder de=Tucuman
darſtellten.

Der Greis warf nur einen geringſchätzenden Blick
auf jene durch den Einfluß der Witterung halb ver=
wiſchten Malereien, und fuhr fort, der Schließerin zu
folgen, die vor ihm hertrottete, während bei jedem
Schritt ihr ſchweres, an ihrem Gürtel hängendes
Schlüſſelbund klirrte.

Am Ende dieſes Kreuzganges kam man an einen
zweiten, dem erſten ganz ähnlichen, nur die Gemälde

desselben stellten verschiedene Sujets dar, ich glaube das Leben der Santa=Rosa=de=Lima.

Beinahe in der Mitte dieses Kreuzganges ange= kommen, blieb die Schließerin stehen, und nachdem sie einige Minuten kräftig Athem geschöpft hatte, klopfte sie leise zweimal an eine schwarze, seltsam ge= schnitzte Eichenholzthüre.

Fast gleich darauf sprach eine sanfte, melodische Stimme im Innern der Zelle das eine Wort:

„Adelante."

Die Schließerin öffnete die Thür und verschwand, nachdem sie den Greis durch einen Wink bedeutet hatte, zu warten.

Einige Minuten verflossen, dann öffnete sich die Thür der Zelle von Neuem und die Schließerin er= schien wieder.

„Kommen Sie," sagte sie, und winkte ihm, näher zu treten.

„Nun, sie ist wenigstens keine Schwätzerin," brummte der Greis, indem er ihr gehorchte, „es ist immer so."

Die Schließerin trat bei Seite, um ihn durchzu= lassen, und er ging in die Zelle, wohin sie ihm folgte, worauf sie die Thür wieder hinter sich schloß.

Dieses mit alten geschnitzten Meubeln von Eichen= holz sehr comfortabel ausgestattete Gemach, dessen Wände nach spanischer Mode mit gelbem Corduanle= der bedeckt waren, bestand aus zwei Abtheilungen,

wie die in einem Winkel befindliche Thür be=
wies.

In diesem Augenblick waren drei Personen in
der Zelle vereinigt, die auf hohen geschnitzten Lehn=
stühlen saßen.

Diese drei Personen waren Frauen.

Die erste, noch jung und sehr schön, trug den
vollständigen Anzug einer Nonne; ein Diamantkreuz
hing an einem schwarzseidenen Moiréeband um ihren
Hals und fiel auf ihre Brust herab, was sie sogleich
als die Priorin dieses Hauses erkennen ließ, welches
trotz des einfachen und finstern Aussehens in Wahr=
heit von Carmeliterinnen bewohnt war.

Die beiden andern Damen, die neben der Aeb=
tissin saßen, trugen eine weltliche Tracht.

Die Eine war die Marquise von Castelmelhor
und die zweite Donna Eva, deren Tochter.

Bei dem Eintritt des Greises, der sich ehrfurchts=
voll verbeugte, neigte die Aebtissin zum Willkommen
ein wenig den Kopf, während die beiden Anderen,
indem sie ihn höflich grüßten, verstohlen neugierige
Blicke auf den Besucher warfen.

„Meine liebe Schwester,“ sagte die Aebtissin, in=
dem sie sich zu der Schließerin mit jener harmonischen
Stimme wandte, die schon so angenehm das Ohr des
Greises berührt hatte, „ich bitte Dich, gieb dem Sennor
einen Stuhl.“

Die Schließerin gehorchte und der Fremde nahm unter Entschuldigungen Platz.

„Also," fuhr die Aebtissin fort, indem sie sich dies= mal an den Greis wandte, „Sie sind Professor der Musik, Sennor?"

„Ja, Sennora," antwortete er, sich verbeugend.

„Sind Sie von hier?"

„Nein, Sennora, ich bin fremd."

„Ah!" sagte sie, „Sie sind doch kein Ketzer, ein Engländer?"

„Nein, Sennora, ich bin ein italienischer Professor."

„Sehr gut. Wohnen Sie schon lange in unserm lieben Lande?"

„Seit zwei Jahren, Sennora."

„Und vorher waren Sie in Europa?"

„Verzeihen Sie, Sennora, ich lebte in Chili, wo ich ziemlich lange in Valparaiso, in Santiago und zuletzt in Aconchagua wohnte."

„Haben Sie die Absicht, sich hier bei uns nieder= zulassen?"

„Ich wünsche es wenigstens, Sennora, leider sind die Zeiten für einen armen Künstler, wie ich bin, nicht günstig."

„Das ist freilich wahr," versetzte sie mit Interesse. „Nun wir wollen versuchen, Ihnen einige Schüle= rinnen zu verschaffen."

„Tausend Dank für soviel Güte, Sennora, ant= wortete er bemüthig.

„Sie interessiren mich wirklich, und um Ihnen zu beweisen, daß ich in der That den Wunsch habe, Ihnen behülflich zu sein, so wird diese junge Dame schon heute den Unterricht bei Ihnen beginnen," sagte sie, indem sie auf Donna Eva wies.

„Ich stehe der Sennorita zu Befehl, wie zu dem Ihrigen, Sennora," erwiderte der Greis mit achtungs= vollem Gruß.

„Wohlan! das ist abgemacht," fuhr die Aebtissin fort und sich zu der noch immer mitten in der Zelle unbeweglich dastehenden Schließerin wendend, setzte sie mit freundlichem Lächeln hinzu: „Ich bitte Dich, willst Du nicht einige Erfrischungen herein bringen. In einer Stunde kannst Du wiederkommen, um den Sennor bis an die Klosterpforte zu geleiten. Geh."

Die Schließerin verbeugte sich mit mürrischer Miene, wandte sich und verließ die Zelle, nachdem sie einen listigen Blick um sich geworfen hatte.

Darauf herrschte einige Minuten Schweigen, wo= rauf die Aebtissin sich leise erhob, auf den Fußspitzen zur Thür schlich, und dieselbe so rasch öffnete, daß die Schließerin, die ihr Auge an das Slüsselloch ge= gedrückt hatte, verwirrt und erröthend, so beim Spioniren überrascht worden zu sein, vor ihr stand.

„Ah! Du bist noch da, meine liebe Schwester!" sagte die Aebtissin, ohne scheinbar die Verwirrung der alten Frau zu bemerken, „ich freue mich darüber, denn ich hatte vergessen, Dich zu bitten, mir mein

4*

Andachtsbuch mitzubringen, sobald Du komm[...]
den Sennor zurückzuführen, ich habe es[...]
Morgen aus Versehen im Chor in meinem[...]
stuhl zurück gelassen."

Die Schließerin verneigte sich, unver[...]
Entschuldigungen zwischen ihren Zähnen brummend,
worauf sie sich eilig entfernte.

Die Aebtissin folgte ihr eine Weile mit den
Augen, dann trat sie wieder ein, schloß die Thür,
über welche sie eine schwere Portière fallen ließ, und
sich zu dem alten Professor wendend, der nicht wußte,
was er denken sollte, sagte sie lachend.

„Ehrwürdiger Greis, verbergen Sie doch Ihre
blonden Haare, die sehr indiscret unter Ihrer grauen
Perrücke hervorschauen."

„Teufel!" rief der Professor fassungslos, indem
er rasch mit beiden Händen nach seinem Kopfe griff
und in demselben Augenblick seinen Stock und Hut
fallen ließ, die einige Schritte von ihm fortrollten.

Bei diesem wenig orthodoxen Ausruf, der in
gutem Französisch ausgestoßen wurde, brachen die
Damen in Lachen aus, während der ungeschickte
Professor sie mit verwirrten Augen anschaute, da
er nichts von Dem verstand, was um ihn herum vor=
ging und nichts Gutes für sich von dieser spöttischen
und ungewöhnlichen Heiterkeit erwartete.

„Still," sagte die Aebtissin, indem sie einen
Finger auf ihre rosigen Lippen legte, „man komm[...]

Alle schwiegen.

Sie hob die Portière wieder in die Höhe. Fast gleich darauf wurde die Thür, nachdem man durch ein leichtes Kratzen um Einlaß gebeten, geöffnet.

Es waren die beiden dienenden Schwestern, die die von der Aebtiffin verlangten Erfrischungen brachten.

Sie stellten Alles auf den Tisch, worauf sie, nach= dem sie ehrfurchtsvoll sich verneigt hatten, die Zelle wieder verließen.

Hinter ihnen wurde die Portière augenblicklich wieder niedergelaffen.

„Glauben Sie jetzt, meine liebe Marquise, daß ich Recht hatte, der Schließerin zu mißtrauen?“ fragte die Aebtiffin.

„Oh! ja, Madame, aber diese an unfre Feinde verkaufte Frau ist böfe, ich fürchte für Sie die Fol= gen jener etwas derben aber wohlverdienten Lehre, die Sie ihr gegeben haben.“

Ein zündender Blitz leuchtete in dem schwarzen Auge der jungen Frau.

„An ihr ist es, zu zittern, Madame,“ sagte sie, „jetzt habe ich die Beweise ihres Verraths in Händen; aber denken wir nicht weiter daran,“ meinte sie, in= dem sie ihr lachendes Gesicht wieder annahm; „die Zeit drängt, nehmen Sie an diesem Tische Platz und Sie, Sennor, kosten Sie von unferm Eingemachten, ich zweifle, daß die Nonnen in den Klöstern Ihres Landes es so gut zu machen verstehen."

Da die Marquise die Verlegenheit und die jäm=merliche Miene des Fremden bemerkte, so näherte sie sich ihm rasch mit freundlichem Lächeln.

„Es ist unnütz, länger Comödie zu spielen," sagte sie zu ihm, „ich war es, die Ihnen schrieb, Sennor; sprechen Sie daher ohne Furcht vor Madame, sie ist meine beste Freundin und einzige Beschützerin."

Der Maler athmete kräftig.

„Madame," antwortete er, „Sie nehmen eine schwere Last von meinem Herzen; ich gestehe Ihnen unterthänigst, daß ich nicht wußte, wie ich mich zu verhalten hatte, als ich mich so plötzlich erkannt sah. Gott sei gelobt, daß dies ein besseres Ende nimmt, als ich einen Augenblick fürchtete."

„Sie spielen bewundernswürdig Comödie, Sennor," begann die Aebtissin wieder; „Ihr Haar kommt keineswegs unter Ihrer Perrücke zum Vorschein; ich habe Sie nur ein wenig necken wollen, das ist Alles. Jetzt, trinken und essen Sie, und seien Sie außer Sorge."

Dem Imbiß wurde darauf von den vier Personen, unter denen das Eis gebrochen, heiter plaudernd, zugesprochen. Die junge und heitere Aebtissin überdies war entzückt über den Schülerstreich, den sie den revolutionären Autoritäten von Tucuman spielte,

indem sie ihnen zwei Personen, auf welche sie so
viel zu halten schienen, zu entführen suchte.

„Nun," sagte sie, nachdem sich Alle erquickt hatten,
„wollen wir ernsthaft sprechen."

„Ja, lassen Sie uns ernstlich reden, Madame, das
ist auch mein Wunsch," versetzte der Maler; „bei
dieser Gelegenheit will ich mir erlauben Ihnen die
Worte zurückzurufen, die Sie selbst ausgesprochen
haben: die Zeit drängt."

„Allerdings; Sie sind wahrscheinlich erstaunt,
mich, die Superiorin eines Klosters, der man die
Hütung zweier wichtiger Gefangenen anvertraut hat,
ein Complot schmieden zu sehen, welches den Zweck
hat, dieselben entschlüpfen zu lassen?"

„In der That," murmelte er, sich verneigend,
„das scheint mir ziemlich seltsam."

„Ich habe dafür mehre Gründe und Ihr Er=
staunen wird aufhören, sobald Sie erfahren, daß ich
Spanierin bin und wenig Sympathie für die Revolu=
tion empfinde, welche die Einwohner dieses Landes
gegen meine Landsleute angezettelt haben, um sie
daraus zu verjagen, wo es ihnen doch nach allen
göttlichen und menschlichen Gesetzen gehört."

„Das scheint mir allerdings logisch."

„Noch mehr, nach meiner Meinung darf ein
Kloster unter keinem Vorwand in ein Gefängniß ver=
wandelt werden; außerdem sollten die Frauen immer
außerhalb der Politik stehen und es ihnen überlassen

bleiben, nach ihrer Phantasie zu handeln; endlich, um Alles zu sagen, ist die Marquise von Castelmelhor eine alte Freundin meiner Familie; ich liebe ihre Tochter wie eine Schwester und will sie um jeden Preis retten, sollte ich es selbst mit meinem Leben bezahlen."

Die beiden Damen warfen sich in die Arme der Aebtissin und überhäuften sie mit Liebkosungen und Danksagungen.

„Gut, gut," sagte sie indem sie sich sanft los= machte, „lasset mich nur machen, ich habe geschworen, Euch zu retten, und ich werde Euch retten, meine Lieben, was auch geschehen mag. Es wäre schön," setzte sie lächelnd hinzu, „wenn drei Frauen, von einem Franzosen unterstützt, nicht schlau genug wären, um jene gelben Männer zu täuschen, die die Ursache dieser unglücklichen Revolution sind, und die sich für die Intelligentesten halten."

„Je mehr ich über dieses Unternehmen nachdenke und die Folgen desselben für Sie fürchte, um so mehr zittere ich, denn jene Männer sind ohne Mitleid," flüsterte die Marquise betrübt.

„Feigling!" entgegnete heiter die Superiorin, „haben wir nicht diesen Caballero zu unserer Hülfe."

„Für Sie und mit Ihnen, meine Damen, bis zu meinem letzten Athemzug," rief er unwillkürlich, von der ihn übermannenden Bewegung fortgerissen, aus.

Die Wahrheit war, daß die Schönheit Donna

Eva's mit der romantischen Situation vereinigt, den Maler vollständig unterjocht hatte; er hatte Alles vergessen und empfand nur den einen Wunsch, sich für das Wohl dieser so schönen und so unglück=lichen Frauen zu opfern.

„Ich wußte wohl, daß ich mich nicht täuschen konnte," rief die Aebtissin, indem sie ihm die Hand reichte, auf welche der Maler ehrerbietig seine Lippen drückte.

„Ja, meine Damen," erwiderte er, „Gott ist mein Zeuge, daß ich Alles versuchen werde, was in menschlicher Macht steht, um Ihre Flucht zu sichern; aber Sie haben sich wahrscheinlich an mich gewandt, nachdem sie einen Plan gefaßt; es ist durchaus nöthig, daß ich in denselben eingeweiht werde."

„Mein Gott, mein Herr," antwortete die Mar=quise, „dieser Plan ist sehr einfach, wie er überhaupt von Frauen ersonnen werden kann."

„Ich bin ganz Ohr, Madame."

„Wir haben in dieser Stadt durchaus keinen ver=trauten Zugang, da wir fremd sind und, ohne den Grund zu kennen, wie es scheint, viele Feinde und keinen Freund haben."

„Das ist beinahe auch meine Lage," sagte der junge Mann kopfschüttelnd.

„Ihre, mein Herr?" rief sie überrascht aus.

„Ja, ja, Madame; doch fahren Sie fort, ich bitte Sie darum."

„Unfere gute Aebtiffin kann nu Eins für u
thun, aber etwas unermeßlich Mchtiges: nämlic
uns die Thür des Klofters öffnen."

„Das ift in der That viel."

„Leider hört jenfeits der Thür ihre Macht voll=
ständig auf, und fie ift gezwungen, uns uns felbft zu
überlaffen.

„Leider, ja," fetzte die Aebtiffin hinzu.

„Hm!" murmelte wie ein Echo der Maler.

„Sie begreifen, wie kritifch unfere Lage fein
würde, wenn wir allein auf's Gerabewohl durch eine
Stadt irren follten, die uns vollkommen unbe=
kannt ift."

„Und da haben Sie an mich gedacht?"

„Ja, mein Herr," verfetzte fie einfach.

„Und Sie haben wohl daran gethan, Madame,"
antwortete der Maler lebhaft, „ich bin vielleicht der
einzige Mann in der ganzen Stadt, der ug ift,
Sie zu verrathen."

„Haben Sie Dank für meine Mutte und mich,
mein Herr," flüfterte fanft das junge M as
bis zu diefem Augenblick gefchwiegen h

Der Maler war wie geblendet; klagen=
den Töne diefer harmonifchen Stimme, ließen fein
Herz in der Bruft beben.

„Unglücklicher Weife bin ich felbft fehr fchwach,
um Sie zu fchützen eine Damen," begann er von
Neuem; „ich bin allein fremd, verdächtig, felbft mehr

als verdächtig, denn ich bin bedroht, nächstens vor ein Gericht gestellt zu werden.“

„Oh!“ riefen sie, schmerzlich die Hände faltend, „dann sind wir verloren!“

„Mein Gott!“ sagte die Aebtissin, „wir haben alle unsre Hoffnung auf Sie gesetzt.“

„Warten Sie, Alles ist vielleicht nicht so ver= zweifelt, als wir es vermuthen, auch ich bereite einen Fluchtversuch vor, ich kann Ihnen daher nur Eins anbieten.“

„Was?“ riefen sie lebhaft.

„Meine Flucht zu theilen.“

„Oh! mit Freuden!“ rief das junge Mädchen, freudig in die Hände schlagend.

Dann, beschämt, sich zu einer unüberlegten Hand= lung haben fortreißen lassen, schlug sie die Augen nieder und verbarg an dem Busen ihrer Mutter ihr reizendes, in Thränen gebadetes Gesicht.

„Meine Tochter hat Ihnen für sich und für mich geantwortet, mein Herr,“ sagte edel die Marquise.

„Ich danke Ihnen für dieses Vertrauen, dessen ich mich würdig zu machen suchen werde, Madame; allein ich bedarf einiger Tage, um Alles vorzubereiten; ich habe nur einen Mann bei mir, dem ich mich vertrauen kann, ich muß mit der größten Vorsicht handeln.“

„Allerdings, mein Herr; aber was verstehen Sie unter einigen Tagen?“

„Wenigſtens drei, höchſtens vier."

„Gut, wir werden warten; wollen Sie uns nun mittheilen, welchen Plan Sie erſonnen haben?"

„Ich kenne ihn ſelbſt noch nicht, Madame. Ich befinde mich in einem mir völlig unbekannten Lande, in welchem mir ſelbſt die alltäglichſte Erfahrung fehlt; ich laſſe mich von dem Diener leiten, von dem ich bereits zu ſprechen die Ehre hatte."

„Sind Sie dieſes Mannes vollkommen ſicher, mein Herr? verzeihen Sie dieſe Frage, aber Sie wiſſen, ein Wort genügt, um uns zu verderben."

„Ich bin ebenſo ſo ſicher in Bezug auf die in Frage ſtehende Perſon, wie ein Mann für einen andern einſtehen kann. Er iſt es, der mir die Mittel geliefert hat, um mich Ihnen, ohne Verdacht zu er= regen, vorſtellen zu können; ich rechne nicht allein auf ſeine Ergebenheit, ſondern noch mehr auf ſeine Schlauheit, auf ſeinen Muth und ſeine Erfahrung."

„Iſt es ein Spanier, ein Fremder oder ein Meſtize?"

„Er gehört zu keiner der von Ihnen angeführten Kategorien, Madame; er iſt ganz einfach ein Guara= nis=Indianer, dem ich ſo glücklich geweſen, einige geringfügige Dienſte zu erweiſen, und der mir eine ewige Dankbarkeit geweiht hat."

„Sie haben recht, mein Herr; Sie können in der That auf dieſen Mann rechnen; die Indianer ſind treu und brav; wem ſie ſich einmal weihen, dem ſind sie bis zum Tode ergeben. Verzeihen Sie mir alle diese Fragen, die Ihnen von meiner Seite unge= wöhnlich erscheinen werden, aber Sie wissen wohl, es handelt sich bei dieser Sache nicht allein um mich, sondern auch um meine Tochter, mein armes, geliebtes Kind."

„Ich finde das sehr natürlich, Madame, daß Sie um unsers gemeinsamen Wohles willen in meine Pläne vollständig eingeweiht sein wollen; seien Sie überzeugt, daß sobald ich bestimmt weiß, was geschehen muß, ich mich beeilen werde, Sie zu benachrichtigen, damit wenn der von meinem Diener und mir ent= worfene Plan Ihnen mangelhaft erscheinen sollte, ich denselben nach Ihren Rathschlägen ändern könnte."

„Ich danke Ihnen, mein Herr. Erlauben Sie mir, noch eine Frage an Sie zu richten?"

„Sprechen Sie, Madame. Indem ich hierher kam, stellte ich mich Ihnen vollkommen zu Befehl."

„Sind Sie reich?"

Der Maler erröthete, seine Stirn verdüsterte sich. Die Marquise bemerkte es.

„Oh! Sie verstehen mich nicht, mein Herr," rief Sie lebhaft aus; „es sei fern von mir, Ihnen eine Belohnung anbieten zu wollen. Der Dienst, den Sie uns erweisen wollen, ist einer von denjenigen, den kein Schatz zu bezahlen vermöchte, sondern nur das Herz abtragen kann."

„Madame," murmelte er.

„Erlauben Sie, daß ich endige. Wir sind jetzt mit einander verbunden," sagte sie mit einem reizenden Lächeln; „nun aber sollte jede Person bei einer Association an den gemeinsamen Lasten theilnehmen. Ein Plan wie der unsrige muß geschickt und rasch aus= geführt werden, der Mangel an Geld kann das Gelingen desselben vereiteln oder seine Ausführung verzögern: aus diesen Gründen habe ich Ihnen jene Frage gestellt und deshalb wiederhole ich nochmals: Sind Sie reich?"

„In jeder andern Lage als der, in welche mich augenblicklich das Schicksal versetzt hat, würde ich Ihnen antworten: Ja, Madame, da ich Künstler bin, meine Ansprüche einfach sind und ich fast nichts zum Leben bedarf; da ich nur Freude und Glück in den immer neuen Ueberraschungen finde, welche mir die Kunst verschafft, die ich ausübe und die ich über Alles liebe. Aber in diesem Augenblick, in der gefährlichen Lage, in der wir uns Alle befinden, wo wir einen verzweifelten Kampf gegen ein ganzes Volk unter= nehmen wollen, muß ich offen gegen Sie sein, und Ihnen gestehen, daß es mir an Geld, diesem Nerv des Krieges, fast vollständig fehlt; Ihnen mit einem Worte antworten, daß ich arm bin."

„Um so besser," äußerte die Marquise mit freu= diger Bewegung.

„Meiner Treu," erwiderte er heiter, „ich habe mich niemals darüber beklagt, nur heute beginne ich

jenen Reichthum zu bedauern, um den ich mich stets
so wenig gekümmert habe; denn er würde mir leicht
die Mittel liefern, Ihnen nützlich zu sein; aber wir
wollen versuchen, uns darüber hinwegzusetzen."

„Dessen bedarf es nicht, mein Herr. Bei dieser
Sache geben Sie uns den Muth, die Ergebenheit,
lassen Sie mich Ihnen den Reichthum hinzufügen, der
Ihnen fehlt."

„Wahrhaftig, Madame," antwortete der Künstler,
„da Sie so offen diese Frage stellen, so sehe ich nicht
ein, warum ich einer lächerlichen Empfindsamkeit nach=
geben sollte, da es überdies Ihre Interessen sind,
die bei dieser Sache im Spiele sind; ich nehme also
das Geld an, welches Sie für nöthig halten, natür=
lich werde ich Ihnen Rechenschaft darüber ablegen."

„Verzeihen Sie, mein Herr, es ist kein Darlehn,
welches ich Ihnen geben will, sondern einfach der
Theil, den ich zu unsrer Verbindung beisteure, das ist
Alles."

„Ich verstehe es auch so, Madame; allein wenn
ich Ihr Geld ausgebe, so müssen Sie doch wissen,
auf welche Weise."

„Das lasse ich mir gefallen," sagte die Marquise,
indem sie auf einen Schrank zuging, eine Schublade
öffnete und eine lange Börse herausnahm, durch deren
Maschen man eine beträchtliche Menge Unzen schim=
mern sah.

Nachdem sie die Schublade sorgfältig wieder

verſchloſſen hatte, reichte ſie die Börſe dem jungen
Mann.

„Es ſind zweihundertundfünfzig Goldunzen darin,“
ſagte ſie, „ich hoffe, daß dieſe Summe genügen wird;
indeſſen, ſollte ſie nicht ausreichen, ſo benachrichtigen
Sie mich davon, dann werde ich ſogleich eine größere
Summe zu Ihrer Verfügung ſtellen.“

„Oh! oh! Madame, ich hoffe nicht allein, daß
dies genügen wird, ſondern daß ich Ihnen ſogar
einen Theil dieſer Summe werde zurückerſtatten können,“
verſetzte er, indem er ehrerbietig die Börſe nahm und
ſie ſorgfältig in ſeinen Gürtel ſteckte, „ich habe Ihnen
jetzt etwas zurückzugeben.“

„Mir, mein Herr.“

„Ja, Madame,“ erwiderte er, indem er den
Ring von ſeinem kleinen Finger zog, „dieſen Ring.“

„Ich war es, die ihn in den Brief wickelte,“
ſagte raſch das junge Mädchen mit reizender Verlegenheit.

Der junge Mann verbeugte ſich ganz beſtürzt.

„Behalten Sie dieſen Ring, mein Herr,“ ſprach
lächelnd die Marquiſe; „meine Tochter würde un-
tröſtlich ſein, denſelben von Ihnen zurücknehmen zu
müſſen.“

„Oh! ja!“ ſetzte ſie erröthend hinzu.

„Ich werde ihn alſo behalten,“ ſagte er, mit ge-
heimer Freude und indem er plötzlich das Geſpräch
änderte; „ich werde nur noch einmal kommen, meine

Damen, um keinen Verdacht zu erregen; es wird geschehen, um Sie zu benachrichtigen, daß Alles bereit ist; allein täglich werde ich zur selben Zeit vor diesem Hause vorübergehen. Sobald Sie mich Abends bei der Rückkehr von meinem Spaziergang, eine Suchil= blüthe oder eine weiße Rose in der Hand halten sehen, so wird dies ein Zeichen sein, daß unsere Sachen gut gehen; wenn ich dagegen meinen Hut abnehme und scheinbar den Schweiß von meiner Stirn trockene, so beten Sie zu Gott, meine Damen, weil neue Hindernisse uns dann entgegen stehen. Sollte ich eine Blume entblättern, so treffen Sie eiligst Ihre Vorbereitungen zur Flucht: an demselben Tage, wo ich Sie besuche, werden wir die Stadt ver= lassen. Wollen Sie Alles dies behalten?"

„Wir haben ein zu großes Interesse dabei, als daß wir das vergessen sollten;" sagte die Marquise. „Seien Sie unbesorgt, wir werden nichts vergessen."

„Nun kein Wort mehr über diesen Gegenstand und geben Sie Ihre Musikstunde," sagte die Aebtissin, indem Sie ein Lehrbuch öffnete und es dem jungen Manne übergab.

Der Maler setzte sich an einen Tisch zwischen die beiden Damen und begann ihnen, so gut es ging, die Noten zu erklären.

Als einige Minuten später die Schließerin eintrat und ihr schlangenartiger Blick unter ihren halb= geschlossenen Augenlidern hervorschoß, sah sie die drei

Perſonen anſcheinend ſehr ernſt beſchäftigt, den A[...]
der Noten und die Verſchiedenheiten [des] Disk[...]
und Baßſchüſſels zu ergründen.

„Meine heilige Mutter,“ ſagte heuchle[...]
Schließerin, „ein Reiter, der, wie er ſagt[...] v[...]
Verwaltung der Stadt geſchickt iſt, bittet um
Gunſt einer Unterredung.“

„Es iſt gut, meine Schweſter. Sobald Du die
Herrn hinausgeleitet haſt, führe jenen Caballero
und bitte ihn, ſich einige Minuten zu gedulden.“

Der Maler erhob ſich, grüßte ehrfurchtsvoll die
Damen und folgte der Schließerin. Hinter ihm ſchloß
ſich wieder die Thür der Zelle.

Schweigend führte ihn die Schließerin durch die
Gänge, welche er ſchon einmal durchlaufen hatte, bis
ſie das Thor des Kloſters erreichten, vor dem mehre
in lange Mäntel gehüllte Reiter Halt gemacht
hatten. Zur allgemeinen Verwunderung der Nach=
barn, welche ihren Augen nicht trauten und auf ihren
Thürſchwellen ſtanden, um ſie beſſer betrachten zu
können.

Dank ſeinem Ausſehen als Greis, mit ſeinen
kurzen Hoſen und ſeinem matten Gang, ſchritt der
Maler mitten hindurch, ohne ihre Aufmerkſamkeit zu
erregen, und entfernte ſich in der Richtung des Fluſſes.

Die Schließerin winkte einem der Reiter, den ſie
zu der Aebtiſſin geleiten wollte. Als der Reiter vom
Pferde ſtieg, verſchob ſich ein wenig ſein Mantel.

G...be i... demselben Augenblick, wandte der in
...ger Entfernung befindliche Maler sich um, um
... le...ten B...ck auf das Kloster zu werfen.

...unterbr...te ...e Geberde des Schreckens, als
...treffenden R...e erkannte.

...ego Cabral!" murmelte er, „was will dieser
in dem Kloster?"

5*

IV.

Die Zusammenkunft.

Der französische Maler hatte sich nicht geirrt: in der That Zeno Cabral, der Montoner, [...] er in das Kloster eintreten sah.

Die Schließerin ging raschen Schrittes und [...] den Kopf umzuwenden, dem jungen Manne voran, der in finstere und peinliche Gedanken verloren zu sein schien.

So setzten sie eine geraume Zeit schweigend [...] [...]g durch die langen Gänge fort, aber [...] dem [...]ugenblick, wo sie den Eingang des ersten [...]uz= ganges erreichten, blieb der Chef stehen und lei[...] den Arm seiner Führerin berührend, sagte er mit leiser Stimme:

„Nun?"

Diese wandte sich rasch um, warf einen forschen= den Blick um sich, worauf sie, offenbar durch die sie umge[...]de Stille beruhigt, in demselben leisen und

unterdrückten Tone nur das eine Wort erwie=
derte:

„Nichts."

„Wie, nichts!" rief Don Zeno mit leiser Un=
geduld aus, „Ihr habt also nicht gewacht, wie ich es
Euch befohlen hatte und wie es zwischen uns beschlossen
war."

„Ich habe gewacht," antwortete sie rasch, „von
des Abends bis zum Morgen und vom Morgen bis
zum Abend."

„Und Ihr habt nichts entdeckt?"

„Nichts."

„Um so schlimmer," meinte der Montonero kalt,
„um so schlimmer für Euch, meine Schwester, denn
wenn Ihr so wenig scharfsichtig seid, werdet Ihr
Euren Posten als Schließerin verlassen, um ein höheres
Amt im Kloster oder ein noch erhabeneres in dem=
jenigen der Bernhardinerinnen einzunehmen!"

Die Pförtnerin bebte; ihre kleinen grauen Augen
schleuderten düstere Blitze.

„Ich habe nichts entdeckt; das ist allerdings wahr,"
sagte sie mit trocknem und nervösen Lachen, das wie
das Kreischen einer Hyäne klang, „aber ich glaube,
daß ich bald etwas entdecken werde; allein ich bin
überwacht und die Gelegenheit fehlt mir."

„Ah! was werdet Ihr entdecken?" fragte er mit
schlecht unterdrücktem Interesse.

„Ich werde Alles entdecken und mehr noch, als

Sie zu wissen wünschen," antwortete sie, indem sie jede Sylbe betonte. „Meine Maßregeln sind getroffen."

„Ah! ah!" entgegnete er, „und wann, wenn's beliebt."

„Noch ehe zwei Tage vergehen."

„Ihr versprecht es mir?"

„Auf meine Seligkeit!"

„Ich rechne auf Euer Wort."

„Rechnen Sie darauf. Aber Sie?"

„Ich?"

„Ja."

„Ich werde meine gegebenen Versprechungen erfüllen."

„Alle?"

„Ja, alle."

„Gut; sorgen Sie sich um nichts mehr; aber nur geben, um zu bekommen."

„Das ist abgemacht."

„Nun, so kommen Sie, man erwartet Sie, dieses lange Verweilen könnte Verdacht erregen, man muß mehr als je mit Vorsicht handeln."

Sie schritten wieder weiter. In dem Augenblick, wo sie in den ersten Kreuzweg eintraten, glitt eine schwarze Gestalt aus einem finstern Winkel, in welchem sie bis dahin bestürzt verweilt hatte, und nachdem sie der Schließerin eine Geberde der Drohung gemacht, verschwand sie wie eine phantastische Erscheinung, so rasch eilte sie durch die Corridore dahin.

An der Zelle der Priorin angekommen, klopfte die Pförtnerin zweimal, ohne eine Antwort zu erhalten; sie wartete einen Augenblick, dann klopfte sie von Neuem.

„Adelante," antwortete man darauf aus dem Innern.

Sie öffnete und meldete den Fremden.

„Bitte den Herrn einzutreten, er ist willkommen," antwortete die Aebtissin.

Die Pförtnerin ließ den General eintreten, dann entfernte sie sich auf einen Wink der Priorin und schloß die Thür hinter sich.

Die Aebtissin war allein und saß in ihrem großen äbtlichen Stuhl; sie hielt in der Hand ein auf= geschlagenes Andachtsbuch, in welchem sie zu lesen schien.

Bei dem Eintritte des jungen Mannes, neigte sie leicht den Kopf und wies ihm durch eine Handbewe= gung einen Sitz an.

„Verzeihen Sie mir, Madame," sagte er, indem er sie ehrerbietig grüßte, „daß ich auf eine so unglück= liche Weise Ihre frommen Gedanken störe."

„Sie sind, wie Sie sagen, Sennor Caballero, durch den Gouverneur der Stadt an mich gesandt; in dieser Eigenschaft ist es meine Pflicht, Sie zu jeder Zeit zu empfangen, sobald es Ihnen beliebt zu kom= men," erwiderte sie mit kalter Höflichkeit. „Sie haben sich daher durchaus nicht bei mir zu entschuldigen, sondern mir allein den Auftrag auszurichten, dessen Motiv ich nicht errathen kann."

„Ich werde die Ehre haben, mich zu erklären, um
so mehr da Sie mich so freundlich dazu auffordern,
Madame," antwortete er mit erzwungenem Lächeln,
indem er den ihm bezeichneten Sitz einnahm.

Die Unterhaltung hatte in einem Tone bitterfüßer
Höflichkeit begonnen, die vollständig die Situation, in
welche jedes der beiden Sprechenden dem Andern
gegenüber während des Gespräch bleiben wollte, fest=
stellte.

Es trat ein kurzes Schweigen ein; der Monto=
nero drehte verdrießlich seinen Hut zwischen den
Händen; während die Aebtissin, die aufmerksam in
ihrem Buche zu lesen schien, verstohlen spöttische Blicke
auf den Offizier warf.

Dieser, welcher wohl einsah, wie seltsam sein Be=
nehmen erscheinen konnte, nahm mit einer Leichtigkeit,
die zu auffallend war, als daß sie hätte natürlich
sein können, das Wort:

„Sennora, ich weiß nicht, welcher Grund das
Mißvergnügen veranlaßt, welches Sie bei meinem
Anblick zu empfinden scheinen, wollen Sie mir gütigst
denselben mittheilen und vor Allem meine demüthigen
und ehrfurchtsvollen Entschuldigungen entgegennehmen
für die Störung, die Ihnen zu meinem Bedauern
meine Gegenwart verursacht."

„Sie haben meine Worte durchaus mißverstanden,
Caballero," antwortete sie, „Ihre Gegenwart stört
mich keineswegs; allein es ist mir unangenehm, nur

zum Vergnügen der Personen, die uns regieren, ge=
zwungen zu sein, den Besuch von Abgesandten zu
empfangen, ohne darauf im Voraus vorbereitet zu
sein, und deren Platz überall eher sein sollte, nur
nicht in der Zelle der Priorin eines Frauenklosters."

„Diese Bemerkung ist vollkommen richtig, Ma=
dame, es hat nicht an mir gelegen, daß es nicht so
war; leider ist dies jetzt eine Nothwendigkeit, der Sie
sich unterwerfen müssen."

„Sie sehen auch," erwiderte sie mit einer gewissen
Bitterkeit, „daß ich mich ihr unterwerfe."

„Sie thun dies, ja, Madame," entgegnete er mit
einschmeichelndem Tone, „aber indem Sie sich beklagen,
weil Sie Ihre Freunde mit Ihren Feinden ver=
wechseln."

„Ich, Sennor, Sie sind offenbar im Irrthum,"
sagte sie zerknirscht, „Sie denken nicht daran, wer
ich bin. Welche Feinde oder welche Freunde kann ich
haben, ich arme Frau, die von der Welt zurück=
gezogen, sich dem Dienste Gottes geweiht hat!"

„Sie irren sich, oder was wahrscheinlicher ist, ich
bitte mich zu entschuldigen, Madame, Sie wollen mich
nicht verstehen."

„Vielleicht ist dies auch ein Wenig Ihr Fehler,
Sennor," erwiderte Sie mit leichter Ironie, und das
liegt ohne Ihr Vorwissen, ohne Zweifel in der Dunkel=
heit Ihrer Worte."

Don Zeno unterdrückte eine Geberde der Ungeduld.

„Laſſen Sie ſehen, Madame," fuhr er nach einer Weile fort, „ſeien Sie offen, wollen Sie?"

„Das iſt ganz mein Wunſch, Sennor."

„Sie haben hier zwei Gefangene?"

„Es ſind zwei Damen hier, welche ich auf beſtimm= ten Befehl des Gouverneurs der Stadt aufgenommen habe, ſprechen Sie von dieſen beiden Damen, Sennor?"

„Ja, Sennora, von dieſen."

„Sehr gut; ſie ſind hier, ich habe ſogar in Be= treff ihrer ſehr ſtrenge Ordre."

„Ich weiß es."

„Dieſe Damen haben nichts mit unſerer Unter= redung zu ſchaffen, denke ich?"

„Im Gegentheil, Madame, denn um ſie allein handelt es ſich; nur ihretwegen bin ich hier her gekommen."

„Sehr gut, Sennor, fahren Sie fort, ich höre."

„Jene Damen ſind durch mich zu Gefangenen gemacht und in dieſe Stadt geführt worden."

„Sie könnten ſelbſt hinzufügen in dieſes Kloſter, Sennor; aber fahren Sie fort."

„Sie ſetzen mit Unrecht voraus, Madame, daß ich der Feind jener unglücklichen Frauen bin; Nie= mand intereſſirt ſich im Gegentheil mehr für ihr Schickſal."

„Ah!" ſagte ſie ironiſch.

„Sie glauben mir nicht, Madame; in der That, der Schein iſt gegen mich."

„Während Sie diese unglücklichen Damen ver=
urtheilen ließen; nicht wahr Caballero?"

„Sennora!" rief er heftig aus, aber sich sogleich
beherrschend, fügte er hinzu, „verzeihen Sie mir diese
Heftigkeit, Madame, aber wenn Sie mich hören
wollten . . . ."

„Thue ich denn das nicht in diesem Augenblicke,
Sennor?"

„Ja Sie hören mich an, Madame, allerdings,
aber mit dem im Voraus gefaßten Entschluß, meinen
Worten keinen Glauben zu schenken, so wahrhaftig
dieselben auch sind."

Die Aebtissin zuckte leicht mit den Achseln und
erwiderte:

„Das geschieht daher, Sennor, weil Sie mir in
diesem Augenblick so unglaubliche Dinge sagen! Wie
können Sie verlangen, wo Sie mir selbst in diesem
Augenblick gestanden haben, daß Sie jene Damen
verhaftet hätten, da es Ihnen doch ein Leichtes gewe=
sen wäre, sie ruhig ihre Reise fortsetzen zu lassen,
und Sie es waren, der sie in diese Stadt und in
dieses Kloster geführt, um ihnen jede Hoffnung auf
eine Flucht zu rauben, wie können Sie verlangen,
daß ich den Betheurungen von Ergebenheit, die Sie
heute vor mir zur Schau tragen, Glauben schenken
soll? Wahrlich das wäre mehr als Naivetät
von mir, wie Sie sich gewiß selbst gestehen
werden; und Sie würden ein Recht haben, mich

für das zu halten, was ich nicht bin, das heißt, um offen zu sprechen, eine Thörin!"

„Oh! Madame, es giebt Dinge, die Sie nicht wissen."

„Gewiß, es giebt immer Etwas, das man in solchem Falle nicht weiß; aber kommen wir zur Sache, da Sie mir selbst Offenheit vorgeschlagen haben, beweisen Sie mir, daß Sie wirklich die Absicht haben, mir die Wahrheit zu sagen; theilen Sie mir jene Dinge mit, die ich nicht weiß."

„Das ist mein Wunsch, Madame."

„Allein, ich muß Ihnen sagen, daß ich davon vielleicht Vieles weiß, und daß ich Sie, sobald Sie sich von dem geraden Weg verirren sollten, ohne Barmherzigkeit zur Wahrheit zurückführen würde. Sind Sie damit einverstanden?"

„Vollkommen, Madame."

„Wohlan! reden Sie; ich verspreche Ihnen, Sie nicht zu unterbrechen."

„Sie überhäufen mich mit Güte, Sennora! aber um Ihnen die ganze Wahrheit mitzutheilen, bin ich genöthigt in Details einzugehen, die meine Familie berühren, und die ohne Zweifel für Sie wenig In= teresse haben werden.

„Verzeihen Sie, ich will unparteiisch sein, ich muß also Alles wissen."

Indem sie diese Worte aussprach, warf sie verstohlen einen Blick auf die Thür des zweiten Gemaches.

Diesen Blick bemerkte der Montonero nicht, da er in diesem Augenblick, den Kopf auf die Brust geneigt, seine Erinnerungen zu sammeln schien.

Endlich nach einigen Minuten, begann er:

„Meine Familie ist, wie Ihnen schon mein Name beweist, Madame, portugiesischen Ursprungs; einer meiner Ahnen war jener Alvarez Cabral, dem Portugal so prächtige Entdeckungen verdankt. Seit der Zeit der ersten Besitznahme hatten sich meine Ahnen in Brasilien, in der Provinz Saō=Paulo niedergelassen, und allmählich durch das Beispiel ihrer Freunde und Nachbarn fortgerissen, unternahmen sie weite und gefährliche Expeditionen in das Innere der allen unbekannten Länder und mehre unter ihnen zählten die berühmtesten und kühnsten Paulistas der Provinz unter sich.

„Verzeihen Sie diese Einzelheiten, Madame, aber sie sind durchaus nöthig; übrigens werde ich dieselben soviel als möglich abkürzen.‟

„In Folge eines heftigen Streites meines Vor= fahren mit dem Vicekönig von Brasilien, Don Vas= quo, Fernandez Cäsar de=Monezes gegen Ende des Jahres 1723, dessen Motive er uns nie mittheilen wollte, sah er seine Güter unter Sequester gestellt; er selbst war genöthigt, mit seiner ganzen Familie die Flucht zu ergreifen. Ein wenig Geduld, ich beschwöre Sie, Madame.‟

„Sie sind ungerecht Sennor; diese Einzel=

heiten, die ich nicht kannte, interessiren mich im höchsten
Grade."

„Mein Ahnherr flüchtete sich mit dem Ueberreste
seines Vermögens, — welcher, ich beeile mich, es zu
sagen, ziemlich bedeutend war, denn er besaß einen
ungeheuren Reichthum — nach dem Vicekönigreich
Buenos=Ayres, um leichter nach Brasilien zurückkehren
zu können, sobald ihn nichts mehr daran verhinderte.

„Aber seine Hoffnung sollte nicht in Erfüllung
gehen, er starb in der Verbannung, seine Familie war
verurtheilt, ihr Vaterland niemals wiederzusehen.
Indessen wurden ihr zu verschiedenen Malen Vor=
schläge gemacht, einen Vergleich mit der portugiesischen
Regierung einzugehen, aber immer wies er dieselben
stolz zurück, indem er dagegen protestirte, freigesprochen
zu werden, da er kein Verbrechen begangen hatte, und
weil die Regierung — merken Sie wohl auf meine
Worte, Madame — die ihm sein Vermögen geraubt,
keine Ansprüche auf Das hatte, was ihm blieb; er
wollte niemals einwilligen, eine Gnade zu bezahlen,
die man kein Recht hatte, ihm zu verkaufen.

„Später als mein Ahnherr auf dem Punct war,
seinen Geist aufzugeben und mein Vater und Groß=
vater sein Bett umstanden, glaubte mein Vater, ob=
wohl er noch sehr jung war, zu verstehen, welches
die von der portugiesischen Regierung gemachten Vor=
schläge waren, die der Greis bisher hartnäckig aus=
geschlagen hatte."

„Ah!" sagte die Aebtiffin, die sich unwillkürlich für die Erzählung zu interessiren begann, die im Tone der Wahrheit vorgetragen wurde, so daß man sie nicht in Zweifel ziehen konnte.

„Urtheilen Sie selbst darüber, Madame," fuhr der Montonero fort; mein Ahnherr fühlte sich, wie ich bereits gesagt, dem Sterben nahe, mein Vater und Großvater befanden sich bei ihm, worauf er, nachdem er sie auf Christus und das Evangelium hatte schwören laffen, niemals etwas von Dem zu sagen, was er ihnen eröffnen würde, ihnen ein Geheimniß von ungeheurer Wichtigkeit anvertraute, welches für die Zukunft unserer Familie von unermeßlichem Werthe war. Mit einem Wort, er theilte ihnen mit, daß er einige Zeit vor seiner Verbannung bei einer letzten Expedition, die er seiner Gewohnheit gemäß allein unternommen, große Goldadern und Diamantenlager von unberechenbarem Werth entdeckt habe. Er beschrieb den Weg ganz genau, um das Land, wo jene unbe= kannten Reichthümer vergraben liegen, wieder auf= finden zu können, und übergab meinen Großvater eine von ihm über diese Gegend aufgezeichnete Karte. Aus Furcht, daß mein Großvater einige wichtige Details vergeffen könnte, fügte er ein Packet Ma= nuscripte hinzu, worin die Geschichte seiner Expedition und Entdeckung, wie die Wege, denen er gefolgt war, Tag für Tag, fast Stunde für Stunde beschrieben waren. Gewiß, daß dieses Vermögen, welches er ihnen vermachte, für sie nicht verloren sein würde, segnete er seine Kinder und starb fast gleich darauf, ganz erschöpft durch die Anstrengung, welche ihm diese Mittheilung gekostet hatte. Bevor er jedoch seine Augen für immer schloß, ließ er sie ein letztes Mal unverbrüchliches Schweigen darüber schwören."

„Ich sehe bis jetzt nicht, mein Herr, welche Beziehungen jene unzweifelhaft sehr interessante Erzählung mit den beiden unglücklichen Damen haben soll?" unterbrach ihn kopfschüttelnd die Aebtissin.

„Noch einige Minuten Geduld, Madame, Sie werden sogleich befriedigt werden."

„Wohlan, mein Herr, so fahren Sie fort, ich bitte!"

Don Zeno begann wieder:

„Einige Jahre verflossen, mein Großvater hatte sich an die Spitze der ganzen Chacra gestellt, die von unserer Familie benutzt wurde; mein Vater begann ihnen bei den Arbeiten zu helfen. Er hatte eine Schwester, die schön wie die Engel und eben so rein wie diese war, sie hieß Laura; ihr Vater und Bruder liebten sie abgöttisch, sie war ihre ganze Freude, all' ihr Stolz und Glück . . . ."

Don Zeno hielt inne, zwei Thränen, die er nicht zurückzuhalten suchte, flossen langsam über seine Wangen.

„Diese Erinnerung betrübt Sie, Sennor," sagte sanft die Aebtissin zu ihm.

Der junge Mann richtete sich stolz in die
Höhe.

„Ich habe versprochen, Ihnen die ganze Wahrheit
zu sagen, Madame; obwohl die Aufgabe, die ich mir
gestellt habe, peinlich ist, will ich jede Schwäche unter=
drücken: Mein Großvater hatte an einem von ihm
und seinem Sohne allein gekannten Orte das Ma=
nuscript und die Karte, welche sterbend ihnen mein
Ahne vermacht hatte, verwahrt; später hatte weder
Einer noch der Andere weiter daran gedacht, da sie
nicht vermutheten, daß eine Zeit kommen könnte, wo
es ihnen möglich sein würde, sich dieses Vermögens,
welches ihnen durch unbestreitbare Rechte gehörte, zu
bemächtigen.“

„Eines Tages kam ein Fremder nach der Chacra
und bat um Gastfreundschaft, die niemals Jemand
verweigert wurde. Dieser Fremde war jung, schön,
reich, wenigstens schien es so, und für unsere Familie
hatte er den unschätzbaren Vortheil, unser Landsmann
zu sein; er gehörte einer der edelsten Familien Por=
tugal's an. Er war also mehr als ein Freund, er
war fast ein Verwandter.

„Mein Großvater empfing ihn mit offenen Armen;
er blieb mehre Monate in unserer Chacra, ja er
hätte immer dort bleiben können, wenn er gewollt,
denn Alle im Hause liebten ihn.

„Verzeihen Sie, Madame, wenn ich schnell über
diese Einzelheiten hinweggehe. Obwohl ich noch zu

jung war, um perſönlich jenem ſchändlichen Berrath
beizuwohnen, iſt dennoch mein Herz gebrochen. Eines
Tages verſchwand der Fremde, indem er Donna Laura
entführte. Sehen Sie, ſo hatte jener Mann unſere
Gaſtfreundſchaft vergolten!"

„Oh! das iſt entſetzlich!" rief die Aebtiſſin un=
willkürlich von Berachtung ergriffen, aus.

„Alle Nachforſchungen blieben fruchtlos: es war
unmöglich, ihre Spuren wieder zu finden; aber das
Schrecklichſte bei der Sache war, Madame, daß jener
Mann kaltblütig und feige einem im Boraus gefaßten
Plane gefolgt war."

„Das iſt unmöglich!" ſagte die Aebtiſſin mit
Abſcheu.

„Jener Mann hatte, ich weiß nicht, auf welche
Weiſe, etwas über das Geheimniß, welche mein Ahn=
herr ſo wohl verwahrt glaubte, in Europa gehört.
Als er ſich bei uns einführte, war ſein Zweck, den
Reſt des Geheimniſſes zu entdecken, um uns unſeres
Bermögens zu berauben. Während der Zeit, daß er
unſere Chacra bewohnte, verſuchte er mehrmals, durch
geſchickte Fragen die Einzelheiten, die er nicht wußte,
kennen zu lernen; Fragen, die er bald an meinen
Großvater, bald an meinen Bater, ein damals noch
junger Mann, richtete. Endlich war der ſchändliche
Raub, den er beging, nicht eine Folge einer bis zur
Thorheit getriebenen Liebe, wie Sie vermuthen könn=
ten, denn ſonſt hätte er bei meinem Großvater um

die Hand seiner Tochter angehalten, welche dieser ihm nicht verweigert haben würde; nein, er liebte Donna Laura nicht!"

„Warum hat er sie dann entführt?" unterbrach ihn die Aebtissin.

„Warum, — fragen Sie?"

„Ja."

„Weil er glaubte, daß sie das Geheimniß besaß, das er um jeden Preis entdecken wollte; das war der einzige Grund seines Verbrechens, Madame."

„Aber was Sie mir da erzählen, Sennor, ist eine Schändlichkeit," rief die Aebtissin, „jener Mann war ein Teufel."

„Nein, Madame, es war ein Unglücklicher, den der Durst nach Reichthümern verzehrte und der sie um jeden Preis besitzen wollte, sollte er selbst Schande und Entehrung in eine Familie bringen und über Leichname dahin schreiten."

„Oh!" rief die Priorin, indem sie den Kopf in ihre Hände barg.

„Und nun, Madame, wollen Sie den Namen dieses Mannes wissen," fuhr er bitter fort, „doch nein, es ist unnütz ihn zu nennen, nicht wahr? — denn Sie haben ihn ohne Zweifel schon errathen."

Die Aebtissin nickte schweigend mit dem Kopfe.

Es trat ein langes Schweigen ein.

„Aber warum wollen Sie Unschuldige für Ver=

6*

brechen verantwortlich machen, die Andere begangen haben?" sagte endlich die Aebtissin.

„Weil ich als Erbe des natürlichen Hasses, nach zwanzig Jahren, jetzt vor vierzehn Tagen eine Spur wiedergefunden habe, die ich für immer verloren glaubte; wo der Name unseres Feindes plötzlich mein Ohr wie ein Blitz getroffen hat und ich blutige Rechenschaft von diesem Manne für die Ehre meiner Familie zu fordern habe."

„Also, um eine Rache zu befriedigen, die gerecht wäre, wenn sie den wirklichen Schuldigen träfe, würden Sie so grausam sein?"

„Ich weiß noch nicht, was ich thun werde, Madame. Mein Kopf ist ein Feuermeer, die Wuth verwirrt mich," unterbrach er sich mit Heftigkeit; „jener Mann hat unser Glück gestohlen, ich will ihm das seinige rauben, aber ich werde nicht feige sein, wie er es gewesen; er soll wissen, woher der Schlag kommt, es ist ein Krieg zwischen uns, wie ihn Raubthiere mit einander führen."

In diesem Augenblick wurde die Thür des zweiten Gemachs rasch geöffnet und die Marquise erschien auf der Schwelle rasch und imponirend.

„Ein Krieg von Raubthieren, wohlan, Caballero, ich nehme ihn an," sagte sie.

Der junge Mann erhob sich rasch und die Priorin durch einen Blick voller Verachtung niederschmetternd, sagte er ironisch:

„Oh! man hat uns belauscht; nun, um so besser, ich ziehe dies vor: jener unwürdige Verrath erspart eine neue Erklärung; Sie kennen die Gründe des Hasses, Madame, den ich gegen Ihren Gemahl hege; ich habe Ihnen nichts mehr zu sagen."

„Mein Gemahl ist ein edler Caballero, der, wenn er hier wäre, eine solche Verläumbung Lügen strafen würde, wie ich es thue, deren Sie ihn vor einer Person anklagen," setzte sie hinzu, indem sie einen Blick schmerzlichen Mitleids auf die Priorin warf, „die vielleicht dieser schrecklichen Geschichte, deren Falschheit zu leicht zu beweisen ist, als daß es nöthig wäre, sie zu widerlegen, Glauben geschenkt haben würde."

„Sei es, Madame; eine Beleidigung, die von Ihnen kommt, kann mich nicht berühren, Sie sind natürlich die letzte Person, welcher Ihr Gemahl dieses schreckliche Geheimniß würde anvertraut haben; aber, was auch geschehe, es wird eine Zeit kommen, und diese Zeit ist nahe, hoffe ich, wo die Wahrheit an den Tag kommen und der Verbrecher vor Allen ent= larvt werden wird."

„Es giebt Menschen, Sennor, welche die Ver= läumbung nicht erreichen kann," antwortete sie verächtlich.

„Brechen wir davon ab, Madame; jeder Streit zwischen uns würde nur dazu dienen, uns noch mehr gegen einander zu erbittern, ich wiederhole Ihnen, daß ich nicht Ihr Feind bin."

„Aber was sind Sie denn, und aus welchem Grunde haben Sie diese entsetzliche Geschichte erzählt."

„Wenn Sie Geduld gehabt hätten, mich einige Minuten länger anzuhören, Madame, so würden Sie es wissen."

„Wer hindert Sie, es mir jetzt zu sagen, wo wir einander gegenüber stehen."

„Ich will es Ihnen sagen, wenn Sie es fordern, Madame," erwiderte er kalt, „ich hätte indessen vor= gezogen, daß eine andere Person, die für Sie mehr Sympathie hat, dies übernähme."

„Nein, nein, mein Herr, ich bin auch Portugiesin, und sobald es sich um die Ehre meines Stammes handelt, ist es mein Grundsatz, selbst zu unterhandeln."

„Wie Ihnen beliebt, Madame; ich wollte Ihnen einen Vorschlag machen."

„Mir, einen Vorschlag?" sagte sie stolz.

„Ja, Madame."

„Welchen? Bitte, fassen Sie sich kurz."

„Ich kam, um Sie zu bitten, mir Ihr Ehren= wort zu geben, die Stadt nicht ohne meine Erlaub= niß zu verlassen, und keinen Versuch zu machen, Ihrem Gemahl Nachricht von sich zu geben."

„Oh! .... Und wenn ich Ihnen dieses Ver= sprechen gebe."

„Dann, Madame, würde ich Sie von der Anklage befreit haben, die auf Ihnen lastet, und ich würde so= fort Ihre Freiheit erlangt haben."

„Freiheit, um in einer Stadt Gefangene zu sein, anstatt in einem Kloster," sagte sie ironisch; „Sie sind sehr edelmüthig, Sennor."

„Aber Sie würden dann nicht vor einem Kriegs= gericht erscheinen müssen."

„Das ist wahr, ich vergaß, daß Sie und die Ihrigen Krieg gegen Frauen führen: Ihr seid so tapfer, Ihr revolutionären Herren!"

Der junge Mann blieb kalt bei dieser empfind= lichen Beleidigung; er verneigte sich ehrerbietig.

„Ich erwarte Ihre Antwort, Madame," sagte er.

„Welche Antwort?" erwiderte sie verächtlich.

„Die, welche Sie so gütig sein werden, auf den Vorschlag, den ich an Sie zu richten die Ehre hatte, zu erwidern."

Die Marquise schwieg eine Weile, dann richtete sie den Kopf in die Höhe, trat einen Schritt vor und erwiderte in stolzem Tone:

„Caballero, den mir gemachten Vorschlag an= nehmen, hieße die Möglichkeit der Wahrheit Ihrer schmählichen Anklage, die Sie gegen meinen Gemahl ausgesprochen haben, zulassen; nun aber gestatte ich eine solche Möglichkeit nicht: die Ehre meines Gemahls ist die meinige, es ist meine Pflicht, ihn zu vertheidigen."

„Ich erwartete diese Antwort, Madame, obwohl Sie mich mehr, als Sie glauben, betrübt. Sie

haben ohne Zweifel an alle Folgen der W
gedacht?"

„An alle, ja! Sennor."

„Sie können furchtbar sein."

„Ich weiß es und werde sie ertragen."

„Sie sind nicht allein, Madame, Sie haben
Tochter."

„Mein Herr," antwortete sie im Tone höchste
Stolzes, „meine Tochter weiß nur zu wohl, was sie
der Ehre unseres Hauses schuldig ist, als daß sie
zögern sollte, wenn es sein muß, derselben ihr Leben
zum Opfer zu bringen."

„Oh! Madame."

„Versuchen Sie nicht, mich zu erschrecken, Sennor,
es würde Ihnen nicht gelingen! Mein Entschluß ist
gefaßt, ich werde nichts daran ändern, sollte ich
selbst das Schaffot vor mir errichtet sehen. Die
Männer irren sich, wenn sie allein das Privilegium
des Muthes zu besitzen glauben; es ist gut, daß von
Zeit zu Zeit eine Frau ihnen zeigt, daß sie eben so
für ihre Ueberzeugungen zu sterben wissen. Verzichten
Sie also auf fernere Bitten, Sennor, ich ersuche Sie
darum, sie wären durchaus vergeblich."

Der Montonero verbeugte sich schweigend, that
einige Schritte auf die Thür zu, dann blieb er stehen,
und wendete sich noch einmal um, als wollte er
sprechen, aber sich anders besinnend, grüßte er ein
letztes Mal und ging hinaus.

Durch den Zufall, oder beffer gesagt, durch das gegen ihn erbitterte Mißgeschick in eine fast ver= zweiflungsvolle Lage versetzt, wurde dieselbe durch die Gefahren, denen er sich ausfetzte, indem er den bei= den Damen zu helfen suchte, nicht viel verschlimmert, während, wenn es ihm gelang, sie dem Schicksal, von dem sie bedroht waren, zu entziehen und zugleich sich selbst zu retten, er seinen Verfolgern einen Streich spielte, da er sich schlauer als sie bewies und sich ein für alle Mal für die fortwährenden Unannehmlich= keiten, die sie ihm seit seiner Ankunft in San=Miguel verursacht hatten, rächte.

Diese Gedanken beruhigten das Innere des jungen Mannes und gaben ihm seine sorglose Heiter= keit wieder; so kehrte er denn erleichtert zu dem Orte zurück, den Thyro zu einem permanenten Zusammen= treffen bezeichnet hatte.

Der Ort war auf's Beste gewählt. Es war eine natürliche Grotte von geringer Tiefe, die zwei Büchsenschüsse höchstens von der Stadt entfernt lag und den indiscreten Blicken so gut durch Felsen und Büsche von dichten Schmarozerpflanzen verborgen war, daß — wofern man nicht genau ihre Lage kannte, es unmöglich war, sie zu entdecken; um so mehr als sich ihr Eingang auf den Fluß öffnete, und man, um zu demselben zu gelangen, bis an die Kniee im Wasser waten mußte.

„Halb unter einem Haufen dürrer Blätter ver=

borgen und mit einigen Häuten nnd Mänteln bedeckt,
rauchte Thyro gemächlich eine Maiscigarette, während
er seinen Herrn erwartete.

Nachdem dieser sich versichert hatte, daß ihn Nie=
mand belausche, zog er seine Schuhe aus, streifte die
Beinkleider in die Höhe und begab sich durch das
Wasser in die Grotte, nicht ohne vorher mehrmals
einen Pfiff ertönen zu lassen, um den Indianer von
seiner Ankunft zu benachrichtigen.

„Uf! das ist eine seltsame Art heimzukehren,"
sagte er, indem er in die Grotte trat.   „Da bin ich
wieder, Thyro."

„Ich sehe es, Herr," antwortete ernsthaft der In=
dianer, ohne seine Lage zu ändern.

„Nun, laß mich meine Kleider wieder anlegen,"
fuhr der junge Mann fort; „dann wollen wir plau=
dern, ich habe Dir Vieles mitzutheilen."

„Und ich auch, mein Gebieter."

„Ah!" entgegnete dieser, ihn fixirend.

„Ja; aber wechseln Sie zuvor Ihre Kleider."

„Allerdings," antwortete der junge Mann.

Sogleich begann er seine Verkleidung abzulegen,
und bald hatte er sein gewöhnliches Aussehen wieder
angenommen.

„So, das ist geschehen!" sagte er, indem er sich
neben den Indianer setzte und eine Cigarette anzün=
dete.   „Ich gestehe Dir, daß diese verdammte Tracht
mich schwer drückt und ich glücklich sein werde, sobald

es mir erlaubt ist, mich ein für alle Mal davon zu befreien."

„Das wird bald geschehen, hoffe ich."

„Und ich ebenfalls, mein Freund. Gott gebe, daß wir uns nicht täuschen! Nun, was hast Du mir zu berichten? Sprich, ich höre."

„Aber Sie selbst haben mir noch keine Mittheilung gemacht."

„Das ist freilich wahr, aber ich möchte zuvor wissen, was Du mir zu sagen hast. Ich glaube, daß dies wichtiger ist, als was ich Dir zu berichten habe. Also sprich, mein Vertrauen wird immer noch bald genug kommen."

„Wie es Ihnen beliebt, mein Gebieter," ant= wortete der Indianer, indem er sich aufrichtete und seine Cigarette wegwarf, die seine Finger zu verbrennen begann; dann wandte er sich halb zu dem jungen Mann und fragte, indem er ihm gerade in's Gesicht blickte: „Sind Sie tapfer?"

Diese so unvermuthete Frage verursachte dem Maler eine solche Ueberraschung, daß er einen Augen= blick mit der Antwort zögerte.

„Ei!" antwortete er endlich, „ich glaube es;" dann sich allmählich fassend, setzte er mit leichtem Lächeln hinzu: „überdies, mein guter Thyro, ist die Tapferkeit in Frankreich eine so allgemeine Tugend, daß es keine Prahlerei von mir ist, wenn ich versichere, daß ich dieselbe besitze."

„Gut," murmelte der Indianer, der seinem Ge=
dankengange folgte, „Sie sind tapfer, Herr, das
glaube ich auch; ich habe bei mehren Gelegenheiten
gesehen, daß Sie sich ehrenwerth aus der Sache
zogen."

„Warum also diese Frage an mich richten?" ent=
gegnete der Maler mit einem Schein von Unzu=
friedenheit.

„Seien Sie nicht ärgerlich, mein Gebieter,"
versetzte rasch der Indianer; „meine Absichten sind
gut: wenn man eine gefährliche Expedition unternimmt
und dieselbe zu einem guten Ende führen will, muß
man alle Chancen berechnen; Sie sind Franzose,
also fremd und erst seit Kurzem in diesem Lande,
dessen Sitten ihnen vollständig unbekannt sind."

„Das gebe ich zu," unterbrach ihn der junge
Mann.

„Sie befinden sich also auf einem unbekannten
Gebiet, welches jeden Augenblick unter ihren Schritten
weichen kann; wenn ich frage, ob Sie tapfer sind,
so zweifle ich nicht an Ihrem Muth; ich habe Sie
handeln gesehen, allein ich wünschte zu wissen, ob
dieser Muth weiß oder roth ist; ob er ebenso in der
Finsterniß und Einsamkeit leuchtet, als im vollen
Sonnenlicht und vor der Menge. Das ist es, was
ich wissen wollte."

„Gesetzt also, ich verstehe die Frage, so wüßte ich
dennoch nicht darauf zu antworten, da ich mich

niemals in einer Lage befunden habe, um dieſe Art
Muth zu entfalten, von der Du ſprichſt. Ich kann
Dir nur einfach und im vollen Vertrauen Folgendes
ſagen: daß bei Tage oder Nacht, allein oder in Be=
gleitung, in Ermangelung von Muth, der Stolz mich
ſtets verhindern wird, zurückzuweichen, und ſelbſt mich
zwingen würde, den Gegnern zu trotzen, die ſich meinem
Willen widerſetzen würden, ſobald ich einmal einen
Entſchluß gefaßt habe.“

„Ich danke Ihnen für dieſe Darlegung, mein Ge=
bieter, denn unſere Aufgabe wird heiß ſein, und ich
bin erfreut zu wiſſen, daß Sie mich in der größten
Gefahr, in die ich mich nur aus Ergebenheit für Sie
begebe, nicht verlaſſen werden.“

„Du kannſt auf mein Wort zählen, Thyro,“ ant=
wortete der Maler; „alſo verbanne alle Hintergedan=
n und gehe entſchloſſen vorwärts.“

„So werde ich thun, Herr, rechnen Sie auf mich.
Nun laſſen wir das, und kommen wir zu den Nach=
richten, die ich Ihnen mitzutheilen hatte.“

„In der That,“ ſagte der Maler, „was ſind das
für Nachrichten, gute oder ſchlimme?“

„Je nachdem, Herr, wie Sie es nehmen wollen.“

„Gut, theile ſie mir mit.“

„Wiſſen Sie, daß die ſpaniſchen Officiere, die
man morgen oder übermorgen vor Gericht ſtellen
wollte, entflohen ſind?“

„Entflohen!“ rief der Maler erſtaunt, „wann dies?“

„Heute Morgen; sie sind hier vorüber gekommen vor kaum zwei Stunden. Sie sprengten auf Pampas= Pferden in der Richtung der Cordilleren dahin."

„Meiner Treu, um so besser für sie; ich bin erfreut darüber, denn wie die Sachen hier zu Laube gehen, hätte man sie ohne Zweifel erschossen."

„Sicherlich," antwortete kopfschüttelnd der In= dianer.

„Das wäre schade gewesen," meinte der junge Mann; „obwohl ich sie sehr wenig kenne und sie keineswegs liebe, auch durch ihre Schuld in eine ziem= lich schwierige Lage versetzt worden bin, so würde ich doch in Verzweiflung gewesen sein, wenn ihnen ein Unglück widerfahren wäre. Also, Du bist gewiß, daß sie sicher entkommen sind?"

„Ich habe sie gesehen, mein Gebieter."

„So, glückliche Reise! Gebe Gott, daß sie nicht überrascht werden."

„Fürchten Sie nicht, daß diese Flucht sehr nach= theilig für Sie ist?"

„Für mich! Aus welchem Grunde?" rief der Maler überrascht aus.

„Hatte man Sie nicht indirect in ihre Sache verwickelt?"

„Allerdings, aber ich glaube, daß ich jetzt nichts zu fürchten habe, und daß der Verdacht, der sich gegen mich erhoben hatte, vollständig verschwunden ist."

„Um so besser, Herr, indessen wenn es mir gestattet ist, Ihnen einen Rath zu geben, so glauben Sie mir, seien Sie vorsichtig."

„Sprich offen; ich wittere hinter Deinen indianischen Umschweifen einen ernsten Gedanken, der Dich in Anspruch nimmt und den Du mir mittheilen möchtest; die Achtung oder ich weiß nicht, irgend welche Furcht, die ich nicht begreifen kann, hindert Dich allein, Dich auszusprechen."

„Da Sie es fordern, Herr, so will ich mich erklären, um so mehr als die Zeit drängt; die Flucht der beiden spanischen Officiere hat den Verdacht, der nur unterdrückt war, wieder erregt; noch mehr, man klagt Sie an, sie bei ihrem Fluchtplan ermuthigt und ihnen die Mittel dazu verschafft zu haben."

„Ich! — aber das ist nicht möglich, ich habe sie nicht einmal seit ihrer Verhaftung gesehen."

„Ich weiß es, Herr; indessen ist es so, ich bin darüber unterrichtet."

„Aber wahrhaftig, meine Lage wird immer besser! Ich weiß nicht mehr, was ich thun soll."

„Ich habe für Sie daran gedacht, mein Gebieter; wir Indianer bilden eine besondere Völkerschaft in der Stadt; scheel angesehen von den Spaniern, verachtet von den Creolen, unterstützen wir uns einander, um im Stande zu sein, im Fall die Noth es erfordert, den Ungerechtigkeiten, die man sich gegen uns erlaubt, zu widerstehen. Seitdem ich nicht

Montonero. I.

tungen zu Ihrer Reise beschäftige, habe ich mit mehren Leuten meines Stammes, die bei gewissen Personen der Stadt in Dienst sind, Verabredung getroffen, mich von Allem zu unterrichten, was vorgeht, um Sie vor Verrath zu schützen. Ich wußte seit gestern Abend, daß die spanischen Officiere heute mit Tagesanbruch entfliehen wollten. Von ihren Freunden unterstützt, hatten sie bereits seit mehren Tagen ihre Flucht vorbereitet.“

„Bis jetzt sehe ich nicht, in welcher Beziehung diese Flucht zu mir steht und wie sie mich persönlich angeht,“ unterbrach ihn der Maler.

„Warten Sie, Herr, ich komme gleich dazu. Heute Morgen, als ich Ihnen bei Ihrer Verkleidung behülflich gewesen, folgte ich Ihnen und kam in die Stadt; die Nachricht von der Flucht der Officiere war bereits öffentlich, Jeder sprach davon; ich mischte mich in mehre Gruppen, wo die Flucht auf hundert verschiedene Weise erzählt wurde. Ihr Namen war in Aller Munde.“

„Aber ich wußte von dieser Flucht nichts.“

„Ich weiß es wohl, Herr, aber Sie sind fremd, dies genügt, um Sie anzuklagen, um so mehr als Sie einen erbitterten Feind haben, der es sich angelegen sein läßt, dieses Gerücht zu verbreiten und demselben Glauben zu verleihen.“

„Einen Feind, ich?“ rief der junge Mann erschreckt, „das ist unmöglich!“

Der Indianer lächelte ironisch.

„Sie werden ihn bald kennen lernen, Herr,“ sagte er; „aber es ist unnütz, uns länger mit ihm in diesem Augenblick zu beschäftigen, es handelt sich darum, Sie zu retten.“

Der junge Mann schüttelte entmuthigt das Haupt.

„Nein,“ sagte er mit trüber Stimme, „ich sehe ein, daß ich diesmal wirklich verloren bin; Alles, was ich versuchen würde, könnte nur mein Verderben beschleu= nigen, es ist besser, wenn ich mich in mein Schicksal ergebe.“

Der Indianer betrachtete ihn einige Augenblicke mit Erstaunen, was er nicht zu verbergen suchte.

„Hatte ich nicht Recht, Herr,“ sagte er endlich, „als ich bei Beginn unsers Gesprächs fragte, ob Sie Muth besäßen?“

„Was willst Du damit sagen?“ rief der junge Mann, indem er sich plötzlich aufrichtete und seine Augen Blitze schossen.

Thyro senkte den Blick nicht, sein Gesicht blieb gleichgültig und mit derselben ruhigen Stimme, mit derselben Sorglosigkeit im Ton, fuhr er fort:

„In diesem Lande, Herr, ist der Muth nicht dem zu vergleichen, den Sie besitzen, jeder Mann ist tapfer, mit dem Säbel oder der Flinte in der Hand; über= haupt hier, wo man ohne die Menschen zu rechnen, stets genöthigt ist, gegen alle Arten Thiere zu käm=

pfen, von denen die Einen immer gefährlicher und wilder sind, als die Anderen, aber was hat das zu sagen?"

„Ich begreife Dich nicht," antwortete der junge Mann.

„Verzeihen Sie mir, Herr, Ihnen Dinge zu sagen, die Sie nicht wissen; ich spreche von dem Muth, den man erwerben muß, es ist derjenige, welcher im schein= baren Nachgeben besteht, sobald der Kampf zu ungleich ist, indem man scheinbar flieht, um später seine Re= vanche zu nehmen.

„Ihre Feinde haben einen ungeheuren Vortheil vor Ihnen voraus, sie kennen Sie, sie handeln also sicher gegen Sie; Sie dagegen sind bei der ersten Bewegung, die Sie machen, in Gefahr in eine Schlinge zu gerathen, und so ohne Hoffnung auf Rache zu fallen."

„Du hast ganz recht, Thro, allein Du sprichst n Räthseln. Wer sind diese Feinde, die ich nicht kenne und die mein Verderben beschlossen haben?"

„Ich kann Ihnen ihre Namen noch nicht nennen, Herr; aber haben Sie Geduld; es wird ein Tag kommen, wo Sie sie kennen lernen werden."

„Geduld haben, das ist bald gesagt; leider bin ich bis an den Hals in ein Wespennest gerathen, aus dem ich nicht heraus kann."

„Lassen Sie mich nur machen, Herrr, ich stehe für Alles. Sie werden leichter abreisen, als Sie glauben."

„Hm! das scheint mir äußerst schwierig zu sein.“

Der Indianer zuckte lächelnd die Schultern.

„So sind alle Weißen,“ murmelte er, wie zu sich selbst sprechend; „sie sind dem Anschein nach wie wir gebildet, und dennoch sind sie vollständig unfähig, das Geringste durch sich selbst auszuführen.“

„Das ist wohl möglich,“ antwortete der junge Mann, innerlich durch diese peinlich unhöfliche Bemerkung verletzt. „Das hängt von zu vielen Bedingungen ab, deren Erklärung zu weit führen würde, und die Du nicht verstehen würdest; kommen wir auf Das zurück, was uns in diesem Augenblick beschäftigen soll. Ich wiederhole Dir, daß ich meine Lage verzweifelt finde und nicht weiß, selbst mit Hülfe Deiner Ergebenheit, wie ich mich daraus befreien soll.“

Die beiden Männer schwiegen eine Weile, dann nahm der Indianer wieder das Wort, aber diesmal mit klarer, deutlicher Stimme, wie Jemand, der sogleich verstanden zu werden wünscht, ohne genöthigt zu sein, unnütz die kostbare Zeit auf Erklärungen zu verschwenden.

„Herr,“ begann er, „sobald ich von Dem unterrichtet war, was vorging, traf ich, in der Ueberzeugung, nicht durch Sie behindert zu werden, meinen Plan, um den neuen Schlag zu pariren.

„Meine erste Sorge war, in Ihre Wohnung zurückzukehren; man kennt mich, der größte Theil der

Perfonen find meine Freunde; man ſchenkte mir keine Aufmerkſamkeit. Uebrigens benutzte ich einen Augen= blick, wo das Haus beinahe leer war, da die Stunde der Siefta Herren und Diener ruhen ließ. Im Handumdrehen entführte ich mit Hülfe einiger Freunde Alles, was Ihnen gehörte, ſelbſt Ihre Pferde, auf ... ie ich Ihr Gepäck und Ihre Käſten mit Papier und ...äſche lud."

„Gut," unterbrach ihn der junge Mann befriedigt, obgleich von leichter Unruhe erfaßt; „aber was wird mein Landsmann von dieſem Verfahren denken?"

„Das beunruhige Sie nicht, Herr," antwortete der Guaranis mit ſeltſamem Lächeln.

„Gut, Du wirſt ohne Zweifel einen glaubwürdigen Vorwand gefunden haben, um das Ungewöhnliche Deines Verfahrens zu verbergen."

„Ganz recht," lachte er ſpöttiſch.

„Nun gut, aber jetzt ſage mir, Thro, was Du mit all' meinem Gepäck gemacht haſt. Ich bin keines= wegs beſorgt, daß es verloren ſein könnte, es enthält jedoch mein ganzes Vermögen; ich kann indeſſen die Nacht hier nicht im Freien zubringen, um ſo weniger als dies zu nichts nützen würde; und Diejenigen, die ein Intereſſe haben, mich zu ſuchen, würden mich auch bald entdecken; andrerſeits ſehe ich nicht, in welchem Hauſe ich wohnen könnte, ohne in Gefahr zu ſein, ſogleich feſtgenommen zu werden."

Der Indianer fing an zu lachen.

„Ha! ha!" meinte heiter der junge Mann, „da
Du lachst, stehen meine Sachen wahrscheinlich gut,
und Du wirst gewiß einen sicheren Zufluchtsort für
mich gefunden haben."

„Sie irren sich nicht, Herr; ich habe mich wirklich
sogleich darum bemüht, einen Ort für Sie zu finden,
wo Sie in Sicherheit und vollständig vor jeder Ver=
folgung geschützt sind."

„Teufel! Das dürfte in dieser Stadt nicht leicht
zu finden gewesen sein."

„Auch habe ich ihn nicht in der Stadt gesucht."

„Oh! oh! wo denn sonst; ich bemerke im Freien
keinen Ort, wo es mir möglich wäre, mich zu ver=
bergen."

„Weil Sie nicht die Gewohnheiten der Wildniß
haben, wie wir Indianer; höchstens zwei Meilen von
hier, habe ich für Sie in einem Guaranis=Rancho
ein Asyl gefunden, wo ich sicher bin, daß man Sie
nicht suchen wird, oder Sie, im Fall einer Haus=
suchung finden würde."

„Du spannst meine Neugierde auf's Höchste. Ist
Alles zu meiner Aufnahme bereit?"

„Ja, Herr."

„Warum bleiben wir alsdann hier, anstatt uns an
Ort und Stelle zu begeben."

„Weil die Sonne noch nicht untergegangen ist
und es daher noch zu hell ist, um sich in's Freie zu
wagen."

„Du haſt Recht, mein braver Thyro; ich danke Dir für dieſen neuen Dienſt.“

„Ich habe nur meine Pflicht gethan, Herr.“

„Hm! — Da Du es ſo willſt, ſtimme ich Dir bei. Allein, glaube mir, daß ich nicht undankbar bin. Es iſt alſo beſchloſſen, daß ich auslogirt werde. Mein Landsmann wird ſehr erſtaunt ſein, ſobald er hört, daß ich, ohne von ihm Abſchied zu nehmen, abgereiſt bin.“

Der Indianer lachte heimlich und ſchwieg.

„Unglücklicherweiſe, mein Freund,“ fuhr der junge Mann fort, „iſt dieſe Lage ſehr unſicher, ſie kann nicht lange dauern.“

„Verlaſſen Sie ſich auf mich, Herr, noch ehe drei Tage vergangen, ſind wir fort; alle meine Maß= regeln ſind demzufolge getroffen; meine Vorbereitungen würden ſchon beendet ſein, wenn ich die nöthige Sum= me zu meiner Verfügung gehabt hätte, um verſchiedene unumgänglich nothwendige Dinge einzukaufen.“

„Wenn es nur daran liegt,“ rief der junge Mann, indem er raſch in die Taſche griff und die Börſe herauszog, die er von der Marquiſe erhalten hatte; „hier iſt Geld.“

„Oh!“ meinte der Indianer, „das iſt mehr, als wir brauchen.“

Aber plötzlich wurde der Maler trübe, und nahm die Börſe wieder aus der Hand des Guaranis, die er demſelben bereits überlaſſen hatte.

„Ich bin ein Narr," sagte er; „jetzt können wir keinen Gebrauch von dem Gelde machen; es gehört uns nicht, wir haben kein Recht dazu, daßelbe zu verausgaben."

Thyro blickte ihn überrascht an.

„Ja," fuhr er fort, „diese Summe ist mir von der Person übergeben worden, die ich zu retten versprochen hatte, um Alles zu ihrer Flucht vorzubereiten."

„Nun?" sagte der Indianer.

„Ei!" erwiderte der junge Mann, „jetzt scheint die Frage eine andere zu sein; ich werde, wie ich glaube, genug zu thun haben, um mich selbst zu retten."

„Ihre Lage ist noch ganz dieselbe, Herr, Sie können daher Ihr Wort halten, welches Sie gegeben haben, im Gegentheil, vielleicht sind Sie heute besser im Stande, als Sie es gestern waren, um nicht allein Ihre Flucht, sondern auch die jener Personen zu bewerkstelligen: ich habe Alles bedacht."

„So laß hören, erkläre Dich; denn ich begreife nicht, was Du meinst."

„Wie dies, mein Gebieter?"

„Ei! Du scheinst besser als ich meine Geschäfte zu kennen."

„Seien Sie außer Sorge deswegen, ich weiß nicht mehr von Ihren Geschäften, als ich davon wissen muß, um Ihnen nützlich sein und meine Ergebenheit für Sie beweisen zu können. Ueberdies, sollten Sie es wünschen, so werde ich thun, als wüßte ich nichts davon.“

„Schönes Anerbieten!“ lachte der junge Mann; „nun, da es mir selbst unmöglich ist, mein Geheim= niß für mich zu behalten, so behalte Deinen Theil daran, Du Zauber. Ich werde mich nicht mehr be= klagen; jetzt fahre fort.“

„Geben Sie mir nur dieses Geld, Herr, und lassen Sie mich handeln.“

„In der That, ich glaube das ist das Einfachste; nimm also,“ setzte er hinzu, indem er ihm die Börse in die Hand legte, „nur beeile Dich, denn Du mußt besser als ich wissen, daß wir keine Zeit zu verlieren haben.“

„Oh! jetzt haben wir keine Eile; man glaubt, daß wir abgereist sind und sucht uns weit von hier, man gestattet Ihnen also, Alles, was Sie thun wollen, mit Leichtigkeit auszuführen.“

„Das ist wahr; wenn es sich nur um mich han= delte, wahrhaftig, ich setze ein so großes Vertrauen in Deine Geschicklichkeit, daß ich mich keineswegs beeilen würde, das versichere ich Dir, aber . . . .“

„Ja,“ unterbrach er ihn, „ich weiß, was Sie sagen wollen, Herr, es handelt sich um die Damen. Sie haben Eile und sie haben ein Recht dazu; aber vor drei Tagen haben sie nichts zu fürchten; ich ver= lange nur zwei; ist das zu viel?“

„Nein, gewiß nicht, allein ich gestehe Dir, daß es Etwas giebt, was mich jetzt sehr in Verlegenheit setzt."

„Was denn, Herr?"

„Die Art, wie ich mich in das Kloster einführen werde, um sie zu benachrichtigen."

„Das ist dennoch sehr einfach; Sie werden nach dem Kloster gehen in derselben Verkleidung wie heute."

„Hm .... Du glaubst, daß dies nicht zu viel risquirt ist?"

„Nicht im Geringsten, Herr; wer soll sich wohl um einen alten Greis kümmern?"

„Nun, ich werde es versuchen; wenn es mir miß= lingt, werde ich meine Pflicht als galanter Mann erfüllt haben, mein Gewissen hat mir alsdann nichts vorzuwerfen."

So setzten sie noch mehre Stunden ihr Gespräch fort, während sie die letzten Anordnungen trafen und jeden Zufall vorauszusehen sich bemühten, der im letzten Augenblick den Erfolg ihrer Pläne verhindern konnte.

Je mehr der junge Franzose zum vollständigen Vertrauen gegen den Guaranis überging, um so mehr erkannte er die Intelligenz dieses armen, dem Anschein nach so einfachen naiven Indianers und um so mehr wünschte er sich Glück, das Anerbieten seiner Dienste angenommen und ihm vertraut zu haben.

Man muß allerdings hinzufügen, daß wenn der
Maler nicht diesen ergebenen Diener gehabt hätte,
seine Lage eine so kritische gewesen wäre, daß es fast
an Unmöglichkeit gegrenzt haben würde, der über
seinem Haupte schwebenden furchtbaren Gefahr zu
entgehen. Er erkannte es offen an, und jedes Vor=
urtheil der Race bei Seite setzend, ließ er seinen
Diener für sich handeln, begnügte sich, seinem Rathe
zu folgen, ohne zu versuchen, seine Ideen geltend zu
machen; was bei dem jungen Manne, trotz seines
scheinbar frivolen Charakters, einen verständigen Sinn
und ein ungewöhnlich richtiges Urtheil zeigte.

Etwa eine halbe Stunde nach Sonnenuntergang
verließen die beiden Männer die Grotte, in der sie
vier Stunden verborgen gewesen waren.

Der Indianer, welcher trotz der Finsterniß wie
am hellen Tage zu sehen schien, führte seinen Herrn
durch die unwegsamsten Pfade, auf denen er sich aber
mit solcher Sicherheit zurecht fand, daß sie eine voll=
ständige Kenntniß derselben bewies. Der wenig an
solche nächtliche Promenaden gewöhnte Maler folgte
ihm, so gut es ging, stützte sich fast bei jedem Schritt,
aber ohne entmuthigt zu werden, und scherzte heiter
über dieses neue Mißgeschick.

Uebrigens war der Weg von der Grotte bis zu
dem Orte, wohin sie gingen, nur kurz; er dauerte
höchstens dreiviertel Stunde.

Thro machte vor einem ziemlich elenden Rancho

Halt, der auf dem Gipfel eines Hügels erbaut war, und öffnete, ohne seine Anwesenheit anzuzeigen, eine aus einer Ochsenhaut gebildete Thür.

Der Rancho war oder schien vollständig leer.

Der Indianer schlug Feuer und zündete ein Licht an.

Das Innere des Rancho glich dem Aeußern; es war sehr erbärmlich.

„He!" meinte Emil, indem er forschend um sich blickte, „dieser Rancho ist also verlassen?"

„Keineswegs, Herr," antwortete Tyro, „aber die Eigenthümer desselben haben sich in das Seitengemach zurückgezogen, um uns nicht zu sehen."

„Oh! oh! Und aus welchem Grunde?"

„Ganz einfach, um, wenn der Zufall es wollte, daß man uns hier suchte, sie in aller Sicherheit bestätigen könnten, daß sie Sie nicht kennen und Sie nie gesehen haben."

„Sieh! sieh!" lachte der junge Mann, „das ist sehr gescheidt von diesen braven Leuten! Nun! ich sehe mit Vergnügen, daß die Jesuiten, sowohl in Amerika wie in Europa vortreffliche Schüler haben; das Verfahren ist sehr sinnreich."

Tyro antwortete nicht; er war im Begriff, mit einer Hacke eine dünne Erdschicht aufzuwerfen, unter der bald eine Klappe zum Vorschein kam. Der Indianer hob dieselbe in die Höhe.

„Kommen Sie, Herr," sagte er.

„Teufel!" brummte der junge Mann zögernd, „soll ich da lebendig hineingehen?"

Der Indianer war bereits in der durch Aufhebung der Klappe entstandenen Oeffnung verschwunden.

„Vorwärts denn," sagte der junge Mann, „da ist nicht zu zögern."

Er neigte sich über die Oeffnung und bemerkte die ersten Sprossen einer Leiter. Entschlossen stieg er in das Souterain hinab, wo ihn Thyro erwartete, der das Licht gegen ihn hinauf hielt, um ihm zu leuchten, damit er keinen Fehltritt thue.

Dieses Souterain war ziemlich groß und hoch, und mit Oeffnungen versehen, um es vor Feuchtigkeit zu schützen; hier standen sämmtliche Sachen des jungen Mannes in bester Ordnung aufgeschichtet.

Ein Schaukelstuhl, eine Butacca, ein Tisch und eine in einem Winkel aufgehängte Hängematte vervollständigten ein auf die höchste Einfachheit beschränktes Meublement.

Mehre Lichter und eine Lampe standen auf dem Tisch.

An jedem Ende dieses Souterains, das eine fast ovale Form hatte, zeigten sich Gallerien.

„Hier ist einstweilen Ihr Zimmer, Herr," sagte der Guaranis, „jede dieser Gallerien führt nach einigen Umwegen weit in's Feld; im Fall eines unvermutheten Lärmes, haben Sie also einen sicheren Zufluchtsort. Ihre Pferde habe ich in den Gang zur Linken geführt, Sie haben Alles, was Sie bedürfen; in diesem Korbe werden Sie für drei Tage Lebens= mittel finden. Ich fordere Sie nicht auf vor meiner Rückkehr hinauszugehen, allein ich werde erst dann wiederkommen, sobald Alles zur Flucht bereit ist. Sie sind hier in vollkommener Sicherheit und haben sich nur in Geduld zu fassen."

Also sprechend hatte der Indianer, nachdem er die Lampe angezündet, die zum Abendessen nöthigen Le= bensmittel aus dem Korbe genommen und auf dem Tische ausgebreitet, da der Maler, seitdem er das Kloster verlassen, nichts genossen hatte und ernstlich Hunger zu empfinden begann.

"Jetzt, mein Gebieter, steige ich wieder in den Rancho hinauf, um Alles in Ordnung zu bringen und die Spuren unserer Schritte zu verwischen. Auf baldiges Wiedersehen und guten Muth!"

"Hab' Dank, Thro, aber um des Himmelswillen denke daran, daß ich mich Dir vertraue; laß mich nicht zu lange gefangen."

"Verlassen Sie sich darin auf mich, Herr. Ach ich vergaß, Sie zu benachrichtigen, daß ich durch den Gang rechts zurückkommen werde; ich werde dreimal den Ruf der Eule nachahmen, bevor ich eintrete."

"Gut, ich werde mich daran erinnern. Du willst

mir also bei meinem Nachteſſen nicht Geſellſchaft
leiſten?"

„Ich danke Ihnen, Herr, das iſt mir nicht
möglich, denn ich muß in einer Stunde in San=Mi=
guel ſein."

„Nun wie Du willſt," antwortete der Maler,
einen Seufzer unterdrückend, „ich halte Dich nicht
mehr zurück."

„Auf Wiederſehen, Herr! Leben Sie wohl und
haben Sie Gedüld."

„Auf baldiges Wiederſehen, Thyro; was die Ge=
duld anbetrifft, die Du mir empfiehlſt, ſo will ich
mich darin zu befleißigen ſuchen."

Der Indianer ſtieg die Leiter wieder hinauf,
verſchwand durch die Oeffnung und nachdem er ein
letztes Mal ſeinem Herrn Lebewohl geſagt hatte, ſchloß
er die Klappe wieder.

Emil befand ſich allein.

Er blieb eine Weile in tiefes Nachdenken ver=
loren; aber bald ſetzte er ſich, indem er mehrmals
den Kopf ſchüttelte, auf den Schaukelſtuhl und begann
die vor ihm auf dem Tiſche aufgeſtellten Speiſen in
Angriff zu nehmen.

„Speiſen wir," ſagte er zu ſich ſelbſt, „das wird
immer eine Stunde verrinnen laſſen, zumal da ich
einen furchtbaren Hunger empfinde. „Einerlei," ſetzte
er nach einer Weile mit vollem Munde hinzu,
„ſobald ich wieder in Frankreich bin, werde ich

meine amerikanischen Abenteuer erzählen, ich will
des Teufels sein, wenn man denselben Glauben
schenkt!"

Und freudig angeregt durch diesen Gedanken, setzte
er heiter sein Abendessen fort.

———

VI.

Verwickelungen.

An demselben Tage, wo diese verschiedenen Ereignisse stattfanden, die wir in unseren vorhergehenden Kapiteln berichtet haben, saßen gegen neun Uhr Abends zwei Personen in dem Salon des Herzogs von Mantua und waren in einer lebhaften französischen Unterhaltung begriffen. Diese beiden Personen waren der Herzog von Mantua selbst, oder Herr Dübois, wie er sich nennen ließ, und der General Don Eusebio Moratin, Gouverneur für die Buenos-Ayrischen Patrioten der Stadt San-Miguel und der Provinz Tucuman.

Der General Moratin war damals fünfundvierzig Jahre alt; er war klein, aber untersetzt und stark entwickelt, seine Züge wären, ohne den kalten Ausdruck von Bosheit seiner schwarzen, tiefliegenden Augen, schön gewesen.

Dieser Offizier — dessen Andenken gerade in den

Silberprovinzen verwünscht war, und der, wenn Ro=
sas nach ihm gekommen wäre, der vollkommenste Ty=
pus eines Bösewichts gewesen sein würde, welchen der
revolutionäre Abschaum seit Beginn dieses Jahrhun=
derts auf die Oberfläche die Gesellschaft geworfen
hat, um die Völker zu thrannisiren und die große
menschliche Familie zu entehren, — spielte in diesem Au=
genblick eine wichtige Rolle in seinem Lande und er=
freute sich eines unermeßlichen Einflusses.

Wir wollen in kurzen Worten seine Geschichte
geben. Im Jahre ~~1700~~ 1780 ~ in einer destinguirten Fa=
milie in Montevideo geboren, hatte dieser Mann von
Kindheit an die schlechtesten Neigungen gezeigt. Das
Nomadenleben der Gauchos, ihre wilde Unabhängig=
keit, Alles an ihnen, bis auf ihre Grausamkeit, hatte
diesen jähzornigen Geist verführt. Während mehrer
Jahre theilte er ihre Lebensweise, dann sammelte er
eine Bande Schleichhändler und Mörder um sich, un=
ter denen er bald das thätigste, grausamste und un=
ternehmendste Mitglied wurde.

Die Gewalt, die dieser Mann auf Seine räuberi=
schen Genossen ausübte, veranlaßten diese, ihn zum
Chef zu wählen.

Seitdem kannten seine Erfolge keine Grenzen
mehr und erwarben ihm zugleich eine glänzende und
fluchwürdige Berühmtheit.

Er verwüstete ohne Mitleid die Banda=orientale,
die Entre=Rios und den Paraguay, zerstörte die Ern=

8*

ten, entführte die Frauen, erwürgte die Männer, plünderte die Kirchen und verbreitete Trauer in mehr als zwanzigtausend Familien.

Die Dinge erreichten eine solche Höhe, daß der Gouverneur von Buenos = Ayres genöthigt war, ein Corps Freiwilliger zu errichten, welches speciell mit der Verfolgung der Bande Moratin's betraut wurde; aber dieses Mittel erwies sich als ungenügend und die spanische Regierung mußte mit aller Macht gegen die Räuber einschreiten.

Sein eigner Vater diente als Vermittler. Die Banditen wurden amnestirt, in die Armee eingereiht, und ihr Chef erhielt vermittelst einer großen Geldsumme das Lieutnantspatent, welches ihm bald das eines Capitains einbrachte.

Aber bei dem ersten Unabhängigkeitsschrei, der durch die Silberprovinzen ging, desertirte Moratin, ging, gefolgt von seinen alten Gefährten, zu den Insurgenten über, schuf eine gefürchtete Montonera, griff entschlossen die Spanier an und schlug sie mehrmals, besonders im Jahre 1811 an dem Tage von las=Piedras.

Wir wollen uns nicht länger bei den Thaten dieser wilden Bande aufhalten, welche, trotzdem wir sorgfältig ihre Namen zu verbergen gesucht haben, dennoch von denjenigen ihrer Landsleute, denen dies Buch in die Hände fallen sollte, erkannt werden würden. Wir begnügen uns, hinzuzufügen, daß er nach

Handlungen empörendfter Grausamkeit, die mit glän= zenden Thaten gemischt waren — denn Moratin war mit einer seltsamen Intelligenz begabt — in dem Augenblick, wo wir ihn dem Leser vorführen, den Grad eines Generals hatte, Gouverneur von Tucu= man war und wahrscheinlich nicht dabei stehen zu bleiben gedachte.

Das Bild, welches die empörten Provinzen zu dieser Zeit darboten, war eines der traurigsten und betrübendsten, das man sich vorstellen kann.

Die Männer der Gewalt suchten einander zu zer= stören, zum Nachtheil der öffentlichen Ruhe.

Die Soldaten hatten alle Bande von Suborbi= nation gebrochen, nach Laune gewährten oder verwei= gerten sie ihren Offizieren, welche sich meistens selbst ihren Rang aus eigner Macht schufen, den Gehorsam.

Der blutbürstige Moratin traf seine Vorbereitun= gen, um für seine eigene Rechnung zu kämpfen.

Die Portugiesen führten den Krieg, um Brasilien zu vergrößern, die Montevid um ein sicheres Leben zu haben, und die Buenos=A er für die Erhaltung der seit Beginn der Feindseligkeiten gegen die Spa= nier proclamirten Union.

In diesem seltsamen Conflict menschlicher Leiden= schaften waren die letzten Gefühle von Patriotismus im Blutvergießen untergegangen, und Jeder ergriff nur Partei, um seinen Interessen von Habsucht oder Ehrgeiz zu dienen.

Kurz, überall war Demoralifation und nirgends
Glaube.

Don Eusebio Moratin, obwohl der Abkunft nach
Creole, verachtete hochmüthig Alles, was von Frem=
den kam, überhaupt von Europa, er selbst sprach in=
deſſen mit Leichtigkeit Engliſch und Franzöſiſch, nicht
aus Gefallen für dieſe beiden Mundarten, ſondern
aus Nothwendigkeit und um durch liberalen Schein
und die Stütze der großen europäiſchen Mächte, die
ehrgeizigen Pläne, welche in ſeinem Herzen glühten,
zu erleichtern.

Wir nehmen jetzt unſere Erzählung an der Stelle
wieder auf, wo wir dieſelbe abgebrochen hatten, das
heißt, wir wollen den Leſer dem Ende des Geſprächs
beiwohnen laſſen, welches zwiſchen den beiden politi=
ſchen Männern, die wir bei Beginn dieſes Kapitels
anführten, ſtattfand.

Der General, welcher ſeit einiger Zeit mit großen
Schritten im Salon auf= und abging, drehte ſich
plötzlich um, ſtellte ſich dem Herzog gegenüber und
ſagte mit abgebrochener Stimme, indem er den Kopf
zurückwarf und mit den Fingern ſchnipste — eine
ihm gewöhnliche Geberde — „Bah! bah! ich wieder=
hole Ihnen, Herr Herzog, daß Ihr Zeno Cabral,
ein ſo guter Soldat er ſein mag, dennoch nur ein
Erzbummkopf iſt.“

„Erlauben Sie, General,“ wandte der Franzoſe
ein.

„Gehen Sie doch,“ erwiderte jener heftig, „er, ein politischer Mann! Man müßte ein Narr sein, um das vorauszusetzen. Ein Montonerochef, der auf den Einfall geräth, verliebt zu sein, sich sentimental zu zeigen, was weiß ich? Beträgt man sich so? Nun, mein Gott! wenn die Kleine ihm gefällt, so mag er sie nehmen! Das ist so einfach wie der Tag und verlangt keine große Diplomatie, zum Teufel! Ich habe Erfahrung in solchen Sachen! Jede Frau will etwas gezwungen werden, das ist Weltgebrauch. Statt dessen macht er ein trübes Gesicht, rollt die Augen, seufzt und geht fast so weit, Liebeslieder zu machen. Auf mein Wort: man könnte laut auflachen, wenn man nicht vor Mitleid die Achseln zuckte! Mutter und Tochter spotten über ihn; und sie thun wohl daran. Man ist nicht so albern! Sie werden sehen, daß sie ihm unter den Händen wie Schlangen, die sie sind, entschlüpfen werden, und wahrhaftig, sie thun recht daran. Ich werde mit beiden Händen diesem Resultat einer platonischen, mit angeerbter Rache gepfefferter Liebe Beifall klatschen. Man rede mir nicht mehr von diesem Manne, ich habe nichts mit ihm zu schaffen.“

Der Herzog hatte diesen niederschmetternden Aus= fall mit jener stereotypen Kaltblütigkeit angehört, die stets auf seinem gleichgültigen Gesicht lag und die ihn niemals verließ.

Als der General schwieg, blickte er ihn einen Au=

Augenblick spöttisch an, worauf er das Wort ergriff.

„Dies Alles ist recht gut, General," sagte er; „aber im Ganzen ist es nur der Ausdruck Ihrer persönlichen Meinung, nicht wahr?"

„Gewiß," antwortete Don Eusebio.

„Ich glaube, Sie würden sich sehr wenig geschmeichelt fühlen," erwiderte er lächelnd, „wenn man Don Zeno Cabral Ihre eben ausgesprochenen Worte wiederholte."

Ein Blitz der Wuth sprühte aus dem Auge des Generals, aber sich sogleich beherrschend, sagte er:

„Ich gestehe, daß ich damit nichts weniger als zufrieden sein würde."

„Nun denn," fuhr der Herzog fort, „wozu also solche Dinge aussprechen, die man einst bereuen könnte? Mir gegenüber zieht das keine andern Folgen nach sich; ich weiß nur zu wohl, an welchem leichten Faden oft die tiefsten politischen Combinationen hängen, um je ein Vertrauen zu mißbrauchen; aber Sie könnten sich in einem Augenblick vor dritten Personen, deren Sie nicht so sicher sind, als es bei mir der Fall ist, hinreißen lassen, ebenso zu sprechen, und dies könnte unberechenbare Folgen haben."

„Sie haben recht, mein lieber Herzog," versetzte lachend der General, „ich nehme meine Worte zurück, nehmen wir an, ich hätte nichts gesagt."

„So ist es besser, General, um so mehr, als

Sie in diesem Augenblick Don Zeno Cabral's und seiner Cuadrilla bringend bedürfen."

"Das ist wahr, ich kann ihn leider nicht entbehren."

"Eine entzückende Art, ihm Vertrauen einzuflö=ßen, wenn sie ihn als Dummkopf behandeln."

"Vergessen Sie das, und kommen wir, wenn es Ihnen gefällig ist, zur Sache. Don Zeno wird bald hier sein, ich möchte, daß Alles zwischen uns abge=macht sei, bevor er erscheint."

Der Franzose warf einen Blick auf die Wanduhr.

"Wir haben noch zwanzig Minuten für uns," sagte er, "das ist mehr, als wir brauchen, um Alles zu besprechen. Vor Allem, was ist Ihr Plan?"

"Mich zum Präsidenten der Republik ernennen zu lassen!" rief Moratin heftig aus.

"Ich weiß es, aber davon spreche ich nicht."

"Was meinen Sie denn?"

"Ich wollte von den Mitteln reden, die Sie an=zuwenden gedenken, um den Zweck Ihres Ehrgeizes zu erreichen."

"Ah! das ist es gerade, wo mich der Schuh drückt, ich weiß nicht, was ich thun soll; wir patschen in die=sem Augenblicke so im Schlamme herum."

"Ein Grund mehr," unterbrach ihn lächelnd der Herzog; "der beste Fang ist immer in trübem Wasser."

"Wem sagen Sie dies?" sagte laut lachend der General, "ich habe nie anders gefischt."

„Nun, wenn Ihnen das bis jetzt gelungen ist, so fahren Sie fort."

„Ich möchte es wohl, aber auf welche Weise?"

Der Herzog schien einige Secunden ernst zu über= legen, während der General ihn angstvoll betrach= tete.

„Sehen Sie, wie ungerecht Sie sind, mein lieber General," nahm endlich der Herzog wieder das Wort, „gerade diese Liebe Don Zeno's für die Toch= ter der Marquise von Castelmelhor, — eine Liebe, die Sie so derb benannt haben, wird Ihnen die Mittel liefern, nach denen Sie vergeblich suchen."

„Ich verstehe Sie durchaus nicht; welche Beziehung kann dieselbe haben zwischen . . . ?"

„Geduld!" unterbrach ihn der Diplomat. „Vor Allem was wünschen Sie? Die sofortige Entfernung Don Zeno Cabral's, welcher von Allen geliebt und geachtet, wie er es ist, durch seine Gegenwart das Votum der Deputirten beeinflussen könnte, die sich in diesem Augenblick in der Stadt vereinigen, um die Unabhängigkeit zu erklären und vielleicht einen Prä= sidenten zu wählen; ist es nicht dies?"

„In der That; aber Don Zeno wird unter keinem Vorwand einwilligen, sich zu entfernen."

Der Diplomat lächelte sanft, indem er einen Blick des Mitleids auf den Andern warf.

„General," sprach er, „sind Sie je in Ihrem Leben verliebt gewesen?"

„Ich!" rief Don Eusebio überrascht und sprang auf. „Ei, Sie spotten über mich, lieber Herzog."

„Nicht im Geringsten," erwiderte friedlich dieser.

„Zum Teufel mit solcher ungereimten Frage, wenn wir von ernsten Dingen reden wollen."

„Nicht so ungereimt, als Sie glauben, General; ich habe unser Geschäft fortwährend im Auge. Also, ich bitte Sie, machen Sie mir das Bergnügen, mir klar und bestimmt zu antworten. Sind Sie je verliebt gewesen? ja oder nein!"

„Da Sie es fordern, so sei es; was Sie verliebt nennen, bin ich nie gewesen, ist das deutlich geantwortet?"

„Vollkommen; nun? Das ist gerade die Verschiedenheit zwischen Ihnen und Don Cabral, daß er verliebt ist."

„Wahrlich! eine schöne und großartige Neuigkeit, die Sie mir da verkünden, lieber Herzog. Das habe ich Ihnen bereits vor einer Stunde gesagt."

„Zugegeben; aber hören Sie den Schluß."

„Ich bin ganz Ohr."

„Vor hundert Jahren schon hat dies ein Fabeldichter unserer Nation auf eine anmuthige Weise in einer Fabel, die ich Ihnen einst vorlesen werde, gesagt."

„Aber die Folgerung?" rief der General vor Ungeduld mit den Füßen stampfend.

„Hei! wie rasch Sie sind, mein lieber General,"

erwiderte unerschütterlich der Herzog, der sich innerlich über die unterdrückte Erbitterung des Andern amü= sirte. „Hören Sie; sie ist nicht lang, aber in Versen — beruhigen Sie sich, es sind nur deren zwei:

Liebe! Liebe! wenn Du uns packest,

Kann man wohl sagen: Lebe wohl Verstand! Verstehen Sie?"

„Beinahe," antwortete der General, welcher eigent= lich nichts verstand, aber doch nicht so scheinen wollte; „indessen, ich sehe nicht . . . ."

„Es ist dennoch sehr einfach, mein lieber General; gerade durch seine Liebe haben wir ihn in der Hand."

„Das heißt?"

„Das heißt, daß, indem wir bei Gelegenheit diese Liebe anzuregen wissen, wir zu dem Resultat gelangen werden, welches wir bezwecken."

„Ich verstehe Sie noch nicht besser, Herr Herzog, ich denke, diese Liebe braucht nicht angeregt zu werden."

„Die Liebe vielleicht nicht," antwortete lachend der Franzose, „aber die Eifersucht; was das anbetrifft, so lassen Sie mich handeln, ich habe es mir in den Kopf gesetzt, daß es mir gelingen wird, und das wird geschehen."

„Ich danke Ihnen, lieber Herzog, für die Stütze, die Sie mir gewähren; aber würde es nicht dienlicher sein, wenn Sie mich in Ihre Pläne einweihten? auf diese Weise könnte ich Ihnen zu Hülfe kommen, anstatt, wenn ich damit unbekannt bleibe, wie in diesem Augenblick, ich Ihnen, ohne es zu wissen, entgegen handeln könnte."

„Sie haben Recht, General; überdies, habe ich keinen Grund, ein Geheimniß aus den Mitteln zu machen, die ich anzuwenden gedenke, weil es sich bei Allem allein um Sie handelt."

„In der That, würde ich Ihnen sehr dankbar sein, wenn Sie sich erklären wollten, lieber Herzog."

„Wohlan, so hören Sie."

In diesem Augenblick wurde die Thür weit geöffnet und ein Diener in prächtiger Livrée meldete:

„Seine Excellenz der Sennor General Don Zeno Cabral."

Die beiden Männer tauschten einen raschen Blick des Einverständnisses aus und erhoben sich, um den General zu begrüßen.

„Ich störe Sie wohl, meine Herren?" sagte dieser eintretend.

„Uns? Nicht im Geringsten, Sennor Don Zeno," antwortete der Franzose; „wir erwarteten Sie im Gegentheil mit der größten Ungeduld."

„Verzeihen Sie, Herzog, daß ich einige Minuten früher erscheine, als Sie die Zeit zu unserer Zusammenkunft bestimmt hatten; aber da ich Seiner Excellenz den Gouverneur hier zu finden wußte, so beeilte ich mich, da ich ihm eine wichtige Mittheilung zu machen habe."

„So seien Sie doppelt willkommen, lieber General," versetzte Don Eusebio.

Der Diener rückte die Stühle herbei und entfernte sich darauf.

Die französisch begonnene Unterhaltung wurde in derselben Sprache, die beiläufig gesagt, Don Zeno Cabral mit vollkommener Reinheit sprach, fortgesetzt, da es dem Herzog schwer wurde, sich im Spanischen auszudrücken.

„Sie sagten also, lieber Don Zeno," begann Don Eusebio wieder, als Jeder sich gesetzt hatte, „daß Sie mir eine wichtige Mittheilung zu machen hätten."

„Ja, Herr Gouverneur."

„So wollen Sie die Güte haben und sich ohne Umschweif erklären; der Herr Herzog kennt alle unsere Geheimnisse; überdies gehört er zu sehr zu unsern Freunden, als daß wir ein Geheimniß aus dem machen sollten, was uns interessirt."

„Hören Sie in wenigen Worten, was sich ereignet hat," antwortete sich verbeugend Don Zeno Cabral: „die beiden Gefangenen, welche morgen als Spione vor das Kriegsgericht gestellt werden sollten, Don Louis Ortega und der Graf von Menboza, die ich selbst in jener Festnacht im Cabildo festnahm ...."

„Nun!" unterbrach ihn der General Moratin.

„Sind Beide entflohen.“

„Entflohen!“ rief der Gouverneur überrascht.

„Heute mit Tagesanbruch als Franziskaner=
mönche verkleidet; einige ihrer Vertrauten hielten an
den Thoren der Stadt für sie Pferde bereit.“

„Oh! oh! das gleicht vollkommen einer Ver=
rätherei!“ rief der General stirnrunzelnd, „ich
will ....“

„Thuen Sie nichts,“ unterbrach ihn Don Zeno,
„es würde jetzt Alles vergeblich sein; sie haben einen
Vorsprung von beinahe vierzehn Stunden, und man
eilt, wenn man seinen Kopf retten will.“

„Wann haben Sie diese Flucht, von der mich
Niemand unterrichtet hat, erfahren?“

„Sie waren auf der Jagd, General.“

„Allerdings, es war meine Schuld.“

„Keineswegs; denn in Ihrer Abwesenheit, habe ich
es übernommen, die nöthigen Befehle zu ertheilen.“

„Ich danke Ihnen, lieber Don Zeno.“

„Als ich von der Marquise von Castelmelhor kam,
wohin ich mich diesen Morgen begeben hatte, benach=
richtigte mich einer Ihrer Adjutanten, der eben im
Begriff war, sein Pferd zu besteigen, um Sie aufzu=
suchen, von dieser Flucht, worauf ich sofort nach
allen Richtungen Detachements zur Verfolgung der
Flüchtlinge aussandte.“

„Sehr gut.“

„Diese Detachements sind, außer einem einzigen,

zurückgekehrt, ohne Nachrichten von den Gefangenen
mitzubringen.“

„Das ist eine schlimme Sache, welche die schwie=
rige Lage, in der wir uns in diesem Augenblick be=
finden, nur noch mehr verwickeln wird.“

„Ich habe es nicht dabei bewenden lassen, sondern
bin zu dem Director gegangen, um ihn über die
besonderen Umstände, die bei dieser Flucht obwalteten,
zu befragen,“ antwortete Don Zeno; „ferner habe
ich intelligente Leute in die Stadt geschickt, die mir
berichten sollten, was sie gehört hätten.“

„Man kann nicht vorsichtiger und klüger sein,
mein lieber Don Zeno, ich wünsche Ihnen von
ganzem Herzen Glück dazu.“

„Sie legen einer so einfachen Sache zu viel
Wichtigkeit bei.“

„Und was haben Sie gehört?“

„Ei,“ erwiderte Don Zeno, indem er sich halb
zu dem französischen Diplomaten wendete, „ich habe
Etwas ersehen, was Sie in Erstaunen setzen wird, Herr
Herzog, und was ich selbst noch nicht zu glauben wage.“

„Was denn?“ sagte lächelnd der Herzog, „sollte
ich, ohne es zu wissen, die Flucht Ihrer Gefangenen
beschützt haben?“

„Wahrlich!“ meinte heiter Don Zeno, „Sie
kommen der Sache nahe.“

„Oh!“ rief der Herzog, „ich denke, Sie werden
sich erklären, nicht wahr, General?“

„Das ist mein Wunsch, Herr Herzog, aber be=
ruhigen Sie sich, es ist dabei keineswegs von Ihnen
die Rede, sondern nur von Ihren Freunden."

„Einer meiner Freunde! aber ich bin fremd, ich
kenne, Sie ausgenommen, Niemanden in dieser Stadt,
wohin ich vor kaum einigen Tagen zum ersten Mal
gekommen bin."

„Das ist es gerade," lachte Don Zeno, „es
handelt sich um einen meiner Landsleute?"

„Ja, ein gewisser Emil Gagnepain, er wird, wie
es scheint, — wohl gemerkt, ich wiederhole nur ein
Gerücht, General . . . . ."

„Fahren Sie fort, er wird? . . ."

„Er wird Verbindungen mit den Gefangenen, die
er seit langem kennt, unterhalten und schließlich ihre
Flucht vermittelt haben."

Ein leichtes, unmerkliches Lächeln zeigte sich auf
den dünnen Lippen des Diplomaten bei dieser
Eröffnung, aber er nahm sogleich wieder seine Kalt=
blütigkeit an und antwortete:

„Was das anbetrifft, meine Herren, so kann ich
Ihnen im Augenblick die Unrichtigkeit Ihrer Anklage
gegen meinen unglücklichen Landsmann beweisen."

„Das würde mir lieb sein," entgegnete Don
Zeno.

„Wie wollen Sie dies bewerkstelligen?" fragte
Don Eusebio.

„Sie werden gleich sehen; mein Landsmann, oder besser

Montonero. I.   9

gefagt, mein Freund wohnt in diefem Haufe, ich wer=
de ihn rufen laffen."

„In der That," bemerkte der Gouverneur, „aus
feinen Antworten, werden wir bald wiffen, woran wir
find."

„Ich wiederhole noch einmal, Herr Herzog, daß
ich nichts behaupte," fagte Don Zeno, „und daß ich
in Nichts die Ehre diefes Caballero angreife."

„Es thut nichts, meine Herren," rief der Herzog
mit einer fchönen Regung des Unwillens; „wenn er
wirklich fchuldig wäre, was ich für eine Unmöglichkeit
erkläre, würde ich der Erfte fein, der ihn Ihrer Gerech=
tigkeit überließe."

Die beiden Männer verneigten fich fchweigend, der
Herzog fchellte.

Ein Diener erfchien.

„Melden Sie Don Emilio, daß ich mit ihm einen
Augenblick zu fprechen wünfche," befahl der Herzog.

„Der Sennor Don Emilio ift nicht in feinem
Zimmer, Ew. Herrlichkeit," antwortete der Diener
fich ehrerbietig verneigend.

„Ach!" rief der Herzog erftaunt, „noch zu diefer
Zeit aus; fehr gut. Sobald er heimkehrt, — denn
er wird nicht mehr lange ausbleiben — werdet Ihr
ihn erfuchen, zu mir zu kommen."

Der Diener verbeugte fich, ohne fich zu rühren.

„Habt Ihr mich nicht verftanden," fragte der
Diplomat, „warum geht Ihr nicht?"

„Ew. Herrlichkeit,“ verſetzte ehrerbietig der Die=
ner, „Don Emilio wird nicht zurückkommen.“

„Don Emilio wird nicht zurückkommen? Woher
wißt ihr dies?“

„Er hat heute Morgen durch einen Mann all'
ſein Gepäck abholen laſſen, der uns mittheilte, daß
er ſogleich die Stadt verließe.“

Der Herzog winkte dem Diener, ſich zu entfernen.

„Das iſt ſonderbar,“ murmelte er, ſobald die
Thür ſich hinter demſelben geſchloſſen hatte; „was
bedeutet dieſe Abreiſe?“

Die beiden Creolen blickten ſich erſtaunt an.

„Nein,“ fuhr der Herzog entſchieden fort, „ich kann
ihn noch nicht für ſchuldig halten, es giebt offenbar
bei dieſer Sache Etwas, das wir nicht zu ergründen
vermögen.“

In dieſem Augenblick öffnete ſich die Thüre von
Neuem.

„Der Sennor Capitain Don Sylvio Quiroga,“
meldete der Diener.

„Laßt ihn eintreten,“ ſagte Don Zeno.

Und ſich zu dem Herzog wendend, ſetzte er hinzu

„Verzeihen Sie mir, mein Herr; der Capitain
Quiroga iſt der letzte von mir zur Verfolgung der
Flüchtlinge abgeſandte Officier; er iſt ein alter, erfah=
rener Mann, ich müßte mich ſehr täuſchen, wenn er
uns keine Nachricht brächte.“

„So ſei er uns willkommen,“ ſagte Don Euſebio.

9*

„Ja, er sei willkommen,“ bekräftigte der Herzog, „denn ich hoffe, daß die Nachrichten, die er uns bringen wird, alle Zweifel, die sich über die Treue meines unglücklichen Landsmannes erhoben haben, schwinden machen werden.“

„Gott gebe es!“ meinte Don Zeno.

Der Capitain Don Sylvio Quiroga erschien. Nachdem er die Personen, die sich in dem Salon befanden, ehrerbietig gegrüßt hatte, richtete er sich gerade in die Höhe und erwartete, daß man ihn befragen sollte.“

„Nun?“ fragte ihn Don Zeno, „haben Sie die Spur der Flüchtlinge wieder gefunden, Capitain?“

„Ja, ich habe sie wiedergefunden, General,“ antwortete er.

„Sie führen sie mit sich?“

„Nein.“

„Haben Sie sie nicht eingeholt?“

„Ja, mein General.“

„Nun denn, weßhalb kommen Sie ohne diese beiden Männer zurück?“

„Zunächst waren es nicht mehr zwei, General; es schien, daß sie noch einen Gefährten unterwegs gefunden hatten: ich habe deren drei gesehen.“

Es herrschte ein kurzes Stillschweigen, während der Franzose und die beiden Creolen einen Blick austauschten.

„Ob zwei oder drei, daran ist nichts gelegen!“

nahm Don Zeno wieder das Wort. „Wie kommt es, Capitain, daß, nachdem Sie sie eingeholt hatten, sie dennoch entschlüpfen ließen."

„Hören Sie die ganze Sache in wenigen Worten mein General. In dem Augenblick, wo ich sie bereits zu haben glaubte — denn ich war nur noch einen Büchsenschuß von ihnen entfernt, sprengten plötzlich zwei= bis dreihundert Reiter aus einem kleinen Gehölz hervor und griffen uns wüthend an. Da ich nur acht Mann bei mir hatte, hielt ich es für vorsichtig, den Zusammenstoß mit diesen Feinden, die ich nicht so nahe bei mir vermuthet hatte, nicht abzuwarten, und habe mit meinen Gefährten sogleich den Rückzug an= getreten."

„Oh! oh! was sagen Sie da?" rief Don Zeno, „haben Sie vielleicht Furcht gehabt, Capitain?"

„Meiner Treu, ja, General; ich habe sogar große Furcht gehabt," antwortete offen der Offizier, „zumal als ich erkannte, mit welcher Art von Leuten ich es zu thun hatte."

„Was hatten sie denn so Schreckliches?"

„Ich bin spornstreichs deswegen zurückgekehrt, um Sie davon zu unterrichten, General, denn, während des Fliehens hatte ich doch vollkommen Zeit, sie zu erkennen."

„Und es sind?" fragte der Gouverneur mit Ungeduld.

„Es sind Pinchehras, Excellenz," antwortete kalt der alte Soldat.

Diese Eröffnung brachte eine blitzähnliche Wir=
kung auf die Anwesenden hervor. Don Zeno und
Don Eusebio überhaupt schienen außerordentlich erregt
zu sein.

„Pincheyras!" wiederholten Beide.

„Ja; übrigens werden wir bald wissen, was sie
wollen. Ich habe zwei Mann auf ihrem Weg in ei=
nen Hinterhalt gelegt, mit dem Befehl jede ihrer Be=
wegungen zu überwachen."

„Einerlei," rief der Gouverneur, indem er sich
rasch erhob, „man kann bei solchen Dämonen nicht
genug Vorsicht gebrauchen. Entschuldigen Sie mich,
Herr Herzog, daß ich Sie so schnell verlasse; aber die
durch diesen braven Offizier verkündete Nachricht ist
von außerordentlicher Wichtigkeit; ich muß ohne Auf=
schub über die Sicherheit der Stadt wachen; wenn Sie
mir erlauben, so wollen wir morgen diese Unterre=
dung wieder aufnehmen."

„Wie es Ihnen beliebt, meine Herren," erwiderte
der Herzog, „Sie wissen, daß ich zu Ihrem Befehl
stehe."

„Tausend Dank, auf morgen also. Kommen Sie
mit mir, Sennor Cabral?"

„Gewiß, ich folge Ihnen;" antwortete dieser,
„man kann nicht genug Vorsicht unter so ernsten Um=
ständen gebrauchen."

Die beiden Generale verabschiedeten sich sogleich von
dem Herzog und entfernten sich, gefolgt von dem Capitain.

Sobald die Thür sich hinter ihnen geschlossen hatte und der alte Diplomat sich allein befand, rieb er sich die Hände und blickte seinen Besuchern, die sich eben entfernt hatten, ironisch nach.

„Ich glaube," murmelte er mit spöttischem Lächeln, „daß dies eine ziemlich gut ausgeführte List ist. He! he! mein lieber Freund Emilio wird, auf meine Ehre, sehr schlau sein, wenn er entwischt; ich liebe ihn zu sehr, um nicht wider seinen Willen sein Glück zu machen; ich schulde ihm das wohl für den Dienst, den er mir erwiesen hat.

VII.

Der panische Schrecken.

Man vermag sich keine, selbst entfernte Idee von der
Schnelligkeit zu machen, mit der sich eine schlechte
Nachricht verbreitet; von der Art wie sie von Mund
zu Mund verunstaltet wird, sich unaufhörlich vergrö=
ßert und endlich nach kurzer Zeit so überladen, mit
Thatsachen und Einzelheiten verziert, zu dem ersten
Urheber zurückkehrt, daß dieser sie kaum wieder erken=
nen würde.

Man könnte vermuthen, daß es in der Luft elek=
trische Ströme giebt, die es übernehmen, unheilvolle
Nachrichten in alle vier Himmelsgegenden mit Bli=
ßesschnelle zu verbreiten und sie in die Oeffentlich=
keit bringen zu lassen, welche die Machthaber sich nur
in's Ohr zu flüstern getrauen, und selbst das noch
mit der Bedingung des strengsten Geheimnisses.

Der Capitain Sylvio Quiroga hatte seit seiner
Rückkehr nach San-Miguel mit Niemand als mit

Don Eusebio und Don Zeno Cabral gesprochen,
seine Soldaten hatten, eben so wie er, das tiefste
Stillschweigen über Das beobachtet, was während
ihrer Verfolgung der Flüchtlinge sich auf ihrer kurzen
Expedition ereignet hatte, und dennoch hatten die bei=
den Generale, als sie den Herzog von Mantua ver=
ließen, kaum den Fuß unter die Portale der Plaza=
Mayor gesetzt, als sie von allen Seiten bestürzte
Leute erblickten, die mit Schrecken den so gefürchteten
Namen Pincheyras flüsterten.

Die Nachricht hatte sich schon bedeutend vergrö=
ßert, es waren nicht mehr dreihundert Mann, die sich
in der Umgegend der Stadt gezeigt hatten, sondern
eine furchtbare spanische Armee, die aus dem obern
Peru kam, die Alles auf ihrem Wege verwüstete und
deren Vortrab die grausame Cuadrilla der Pincheyras
bildete. Sie rückten im Geschwindmarsch an, bald,
morgen vielleicht würden sie vor der Stadt sein.
Was thun? Was beschließen? Wo sich verbergen?
Wohin fliehen? Was sollte aus San=Miguel werden?
Die Spanier würden, um sich für ihre Niederlagen
zu rächen, keinen Stein auf dem andern lassen.

Die, welche sie gesehen hatten, — denn wie im=
mer gab es Leute, die diese eingebildete spanische Ar=
mee gesehen haben wollten, die in Wirklichkeit nur
in ihrem Hirn existirte, versicherten, von dem Feinde
die schrecklichsten Racheschwüre gegen die unglücklichen
Insurgenten vernommen zu haben.

Leute mit Fadeln, die, man wußte nicht woher
kamen, durcheilten die Stadt nach allen Richtungen
und schrien:

„Zu den Waffen! zu den Waffen!"

Bei diesem Geschrei, bei diesen blutrothen Flam=
men, die ihren unheimlichen Schein auf die Mauern
warfen, eilten die Bürger aus ihren Häusern, die
Kinder und Weiber weinten und schrien; kurz, der
panische Schrecken, war in wenigen Augenblicken so
allgemein geworden, daß die beiden Offiziere, welche
indessen die Wahrheit kannten, selbst so entsetzt waren,
daß sie sich fragten, ob das Uebel nicht in der That
größer sei, als sie glaubten.

Sie bestiegen ihre Pferde, welche ihre Diener an
der Pforte des herzoglichen Hauses bereit hielten und
sprengten nach dem Cabildo.

Trotz der vorgerückten Stunde — es war Mit=
ternacht vorüber — war dennoch der Cabildo in dem
Augenblick, wo der Gouverneur und der Montonero
daselbst eintraten, von einer Volksmenge besetzt und
bot ein Schauspiel von nicht geringerem Schrecken
und wilderer Unordnung dar, als wie er sich ihnen auf
der Plaza=Mayor gezeigt hatte.

Die beiden Offiziere wurden mit Freudengeschrei
und Ergebenheitsbetheurungen empfangen, welche die
Furcht allein dem größten Theil der Anwesenden ein=
flößen konnte.

Der Gouverneur hatte unendliche Mühe, ein we=

nig Ordnung herzustellen und sich den durch den
Schrecken fast unempfindlichen Leuten verständlich zu
machen.

Aber der Versuch sie zu beruhigen, indem er ihnen
einfach die Thatsache berichtete, war vergeblich; man
wollte es nicht glauben und es gelang ihm nicht,
Jemanden zu überzeugen, daß die Gefahr, welche sie
fürchteten, nicht so groß sei.

Die Sturmglocke läutete von allen Thürmen,
Barrikaden wurden an den Straßenecken errichtet,
während Patrouillen bewaffneter Bürger unaufhörlich
die Stadt durchzogen, und Andere auf dem Platze
bivouakirten.

Die Stadt bot in diesem Augenblick den Anblick
eines großen Lagers dar; man durfte nicht versuchen,
dem Sturme Widerstand zu leisten, das sah der Gou=
verneur ein. Verzweifelnd daran, die Sicherheit durch die
gewöhnlichen Mittel wieder herzustellen, versuchte er
den Schrecken zu organisiren, indem er Befehl zur
Vertheidigung der Stadt ertheilte und Adjutanten
nach allen Richtungen aussandte.

Nachdem Don Zeno einige leise Worte mit dem
Gouverneur ausgetauscht hatte, war er, anstatt in
den Cabildo zurückzukehren, im Trabe davon geritten
in Begleitung des Kapitains Quiroga.

Aber seine Abwesenheit war nur von kurzer
Dauer. Bald vernahm man den Hufschlag von
Pferden und Don Zeno erschien wieder an der

Spitze seiner Montonero, die sogleich auf der Plaza=
Mayor ihr Bivouac einrichtete.

Der Anblick der Parteigänger, in deren Muth
die Einwohner von San=Miguel volles Vertrauen
setzten, begann die Bevölkerung etwas zu beruhigen.

Um so mehr als die Montoneros, nachdem sie ihre
Pferde an Pfähle befestigt und Wachen ausgestellt
hatten, sich unter die Menge mischten, und mit den
Leuten ruhig zu plaudern begannen, indem sie An=
fangs auf die allgemeinen Ideen scheinbar eingingen
und die seltsam entstellten Thatsachen so darstellten,
wie sie wirklich waren.

Der Einfluß dieser Erzählungen, die von Einem
zum Andern übergingen und unaufhörlich durch die
Soldaten wieder begonnen wurden, machte sich bald
fühlbar in der Menge; es trat eine Reaction ein
und die weniger Feigen fühlten einigermaßen ihren Muth
zurückkehren.

Indessen, da schließlich die Gefahr, wenn auch
geringer als man vermuthete, existirte und die Nähe
der royalistischen Montoneros sehr beunruhigend für
die allgemeine Sicherheit war, so benutzte der Gene=
ral Moratin geschickt die Aufregung der Bevölkerung,
um die wirksamsten Maßregeln, die er ersinnen
konnte, zu treffen, um einem Ueberfall zu widerstehen,
während er Verstärkung erwartete, für den Fall, daß
der Feind einen plötzlichen Angriff auf die Stadt=

wagen sollte, was in der Geschichte der Buenos=Ay=
rischen Revolution nicht ohne Beispiel war.

Ergebene Offiziere überwachten die Errichtung der
Barricaden, man brachte Steine auf die terrassenför=
migen Häuser daher, um die Feinde zu erschlagen; es
wurden Waffen= und Munitionsniederlagen an verschie=
denen Orten errichtet; die Barrieren wurden geschlos=
sen und von zahlreichen Wachen besetzt.

Indessen war Don Zeno Cabral an der Spitze
einiger vierzig entschlossener Montoneros auf Entde=
ckungen ausgegangen und hatte sich auf's Gerathe=
wohl in's Freie gewagt.

Im Cabildo waren im Sitzungssaale sämmtliche
Deputirten zu einer permanenten Versammlung ver=
einigt.

Der Gouverneur, der durch seine Gegenwart die
Bevölkerung beruhigen wollte, hatte, von einem zahl=
reichen Generalstab gefolgt, zu Pferde die Stadt nach
allen Richtungen durchkreuzt, die Einen ermuthigend
und die Bewohner anregend, ihre Pflicht zu thun und
tapfer den Feind zu schlagen, sobald er sich zu zeigen
wagen sollte.

So verfloß die ganze Nacht. Mit Anbruch des
Tages war die Ruhe allmählich wieder hergestellt,
obwohl Jeder seine Waffe behalten hatte und auf
seinen Posten geblieben war.

Don Zeno Cabral, der seit länger als vier Stun=

ben auf Kundschaft ausgeritten, war noch nicht zurück. Don Eusebio wußte nicht, was er von dieser langen Abwesenheit, die ihn ernstlich zu beunruhigen begann, denken sollte.

Mehre von ihm dem Montonero entgegen ge= sandte Abjutanten, waren zurückgekehrt, ohne weder von ihm noch von seinem Detachement Nachricht zu bringen.

Mittlerweile trat ein Offizier ein, neigte sich zu dem Ohr des Gouverneurs und flüsterte ihm einige Worte zu, die dieser allein vernahm.

Don Ensebio schauderte und erbleichte, aber er faßte sich augenblicklich wieder und sagte zu dem Offizier:

„Capitain, lassen Sie sogleich die Trommel rüh= ren, damit die ganze Cuadrilla Don Zeno Cabral's aufsitzt, wir wollen eine Recognoscirung außerhalb der Stadt vornehmen, um die Bevölkerung zu beruhigen, und ihr dadurch beweisen, daß keine Gefahr mehr existirt."

Der Befehl wurde sogleich ausgeführt. Die Mon= tonero verließ im Schritt die Stadt.

Der General Don Eusebio Moratin ritt an der Spitze derselben in reicher, goldgestickter Uniform auf einem prächtigen schwarzen Pferde.

Die in allen Straßen zerstreute Menge begrüßte den Durchzug der Parteigänger mit warmen Beifalls= bezeigungen.

Die Montonero schien viel mehr eine militärische Promenade auszuführen, als auf eine Recognoscirung auszugehen.

Sobald die Truppe im offenen Felde war und eine Biegung des Weges sie den Blicken der Bewohner entzogen hatte, ließ der General Halt machen, stellte die Wachen aus und befahl den Offizieren, zu ihm auf den Hügel herauf zu kommen, auf dessen Gipfel er selbst beinahe hundert Schritt der Cuadrilla voraus Halt gemacht hatte.

Diese gehorchten sogleich mit einer neugierigen Ungeduld, denn obwohl Niemand sie unterrichtet hatte, so vermutheten sie doch, daß dieser improvisirte Aus= zug aus der Stadt ein ernsteres Motiv verbarg.

Als alle Offiziere angelangt und abgestiegen wa= ren, reihten sie sich im Kreise um den General und dieser ergriff das Wort:

„Caballeros," begann er, „die Zeit der Verheim= lichung ist vorüber; es ist meine Pflicht, Ihnen offen die Situation darzustellen, wie sie ist, um so mehr als ich Ihrer Mithülfe dringend bedarf."

„Sprechen Sie, General," antworteten die Of= fiziere „wir sind bereit, Ihnen zu gehorchen, als wenn Sie wirklich unser Chef wären, welches auch der Befehl sei, den Sie uns im Interesse des Vaterlan= des geben."

„Ich danke Ihnen, Caballeros, und rechne auf Ihr Versprechen; hören Sie, was sich ereignet hat:

Ihr Chef, Don Zeno Cabral, durch einen Verräther, Spion oder Dummkopf getäuscht, worüber man noch keine Gewißheit hat, ist mit den wenigen Männern, die ihn begleiten, von einem Theil der königlichen Kundschafter überrascht worden. Alles läßt vermuthen, daß dieser Theil der furchtbaren Cuadrilla der Pincheyras angehört. Nach Wundern von Tapferkeit ist Don Zeno gezwungen worden, sich zu ergeben, um fernerem Blutvergießen Einhalt zu thun. Glücklicherweise ist es einem seiner Gefährten fast durch ein Wunder gelungen, zu entfliehen; er hat uns von dem Vorgefallenen unterrichtet, diese Nachrichten sind also positiv."

Bei diesen Worten stießen die Offiziere einen Schrei der Wuth aus.

„Die Feinde sind in der Nähe," fuhr der General fort, indem er durch einen Wink Schweigen gebot, „sie haben noch keine Ahnung von der Flucht des einen ihrer Gefangenen und halten sich vollkommen sicher, da sie glauben, daß ihr kühner Handstreich unter uns unbekannt ist; sie ziehen sich nur langsam und fast ohne Ordnung zurück, die Gelegenheit ist also günstig, um eine Revanche an ihnen zu nehmen und Ihren Chef und Freund zu befreien, wollen Sie es?"

„Ja! ja!" riefen die Offiziere, indem sie ihre Waffen schwangen. „Zu ihnen! zu ihnen!"

„Sehr gut," antwortete der General, „bevor eine Stunde vergeht, werden wir sie erreicht haben und

unvermuthet angreifen, und dann wird Jeder seine
Pflicht thun. Erinnern Sie sich, daß die Menschen, welche
wir angreifen, Banditen ohne Glauben und Gesetz sind,
die durch ihre Verbrechen aus der Gesellschaft aus=
gestoßen sind. Zu ihnen also und keinen Pardon!"

Die Offiziere antworteten durch Geschrei und
Racheschwüre, stellten sich an die Spitze ihrer Pelo=
tons und die Cuadrilla setzte im Galopp ihren Weg
fort. Bald war sie in einer dichten Staubwolke ver=
schwunden, die auf ihrem Wege aufwirbelte.

Was der General Moratin den Offizieren der
Cuadrilla mitgetheilt hatte, war die Wahrheit oder wenig=
stens ziemlich schlecht durch den Flüchtling wieder gegeben,
so glaubte er, denn die Sachen hatten sich durchaus
nicht gerade so zugetragen, wie man sie ihm berich=
tete.

Nachdem Don Zeno Cabral, wie wir bereits wei=
ter oben mittheilten, gegen zwei Uhr Morgens an
der Spitze eines ziemlich schwachen Detachements in
der Absicht aufgebrochen war, um die Umgegend der
Stadt zu erkunden, und drei Stunden im offenen
Felde seinen Weg fortgesetzt hatte, ohne etwas Ver=
dächtiges zu bemerken oder die von dem Durchzug
einer bewaffneten Truppe hinterlassenen Spuren zu
entdecken, beschloß er, bevor er in die Stadt zurück=
kehrte, die Ufer des Flusses zu erforschen, die ziemlich
viel durch die Anhäufung von Felsmassen, welche mit
dichtem Gestrüpp bedeckt waren und den Landstreichern

sehr wohl als Hinterhalt dienen konnten. Er näherte sich mit der größten Vorsicht, um nicht unvermuthet überrascht zu werden.

So schritten die Montoneros heimlich lange vor=
wärts und sondirten mit den Spitzen ihrer Lanzen die dichten Gebüsche, ohne etwas zu entdecken, und ihr Chef gab, in der Ueberzeugung daß der Feind, wenn der Zufall ihn so nahe der Stadt geführt habe, es doch für vorsichtiger gehalten, nicht länger dort zu verweilen, sondern sich entfernt hatte, den Befehl zum Rückzug, als plötzlich in dem Augenblick, wo man am wenigsten, darauf gefaßt war, einige hundert Menschen von allen Seiten auf sie einbran=
gen, seine Truppe umzingelten und kräftig angriffen.

Obwohl überrascht und durch einen Feind bedrängt, dessen Zahl sie nicht kannten, den sie aber mit Recht ihnen überlegen hielten, waren die Montoneros den=
noch nicht die Leute, um sogleich ihre Waffen zu strecken, ohne zu versuchen ihr Leben theuer zu ver=
kaufen, überhaupt mit dem Manne, der sie anführte.

Einen Augenblick herrschte eine schreckliche Ver=
wirrung, ein furchtbarer Zusammenstoß fand statt, in Folge dessen Don Zeno Cabral vom Pferde gewor=
fen wurde.

Einen Augenblick hielten ihn seine Gefährten für todt.

Da glitt einer von ihnen unbemerkt durch die Büsche und Felsen und entfloh mit verhängten Zü=

geln, um die Nachricht von der Niederlage der Mon=
toneros nach San=Miguel zu bringen.

Diese dagegen waren weit entfernt, besiegt zu sein.
Don Zeno Cabral hatte sich fast augenblicklich wie=
der erhoben und sich an die Spitze seiner Leute ge=
stellt, welche einen Augenblick entmuthigt durch seinen
Fall, wieder von neuer Tapferkeit beseelt wurden,
als sie ihn zu Pferde sahen.

Indessen waren die Angreifenden zu zahlreich,
der Platz des Hinterhalts zu gut gewählt, als daß
die Montoneros die Hoffnung haben konnten: nicht
zu siegen — daran dachten sie nicht — wohl aber,
sich aus der Schlinge zu retten.

Don Zeno Cabral erkannte auf einen Blick die
Schwierigkeit des Terrains, auf welchem er kämpfen
mußte, wo seine Reiter in die Unmöglichkeit versetzt
waren, mit ihren Pferden zu manöveriren.

Alle seine Anstrengungen waren darauf gerichtet,
das Schlachtfeld zu erweitern, die um ihn gedrängten
Montoneros beschossen mehrmals entschlossen den
Feind, ohne daß es gelang, ihn zu verletzen: die Par=
tei war, um einen gewöhnlichen Ausdruck zu gebrau=
chen, gut angegriffen und gut vertheidigt, es kämpf=
ten Montoneros gegen Montoneros, Banditen gegen
Banditen.

Der Chef der Patrioten wußte von nun an, mit
welchen Feinden er es zu thun hatte; ihre rothen
Mäntel, eine von den Pincheyras angenommene Uni=

form, hatte ihn, sobald der Tag anbrach, ſie erken=
nen laſſen.

Denn während des erbitterten Kampfes, den ſich
die beiden Truppen lieferten, war die Sonne aufge=
gangen und hatte die Finſterniß zerſtreut.

Leider machte das helle Tageslicht ihre Nieder=
lage noch wahrſcheinlicher, da es die kleine Anzahl
der Patrioten verrieth.

Wüthend darüber, von einem ſo ſchwachen De=
tachement ſo lange in Schach gehalten worden zu
ſein, verdoppelten die Pincheyras ihre Anſtrengungen,
um bald mit ihnen zu Ende zu kommen.

Aber dieſe wurden nicht muthlos, von ihrem An=
führer ein letztes Mal zum Angriff geführt, warfen
ſie ſich wüthend auf den Feind, der vergeblich ihnen
die Paſſage zu verſperren ſuchte.

Es war den Montoneros gelungen, die vor ihnen
aufgerichtete menſchliche Barriere zu durchbrechen und
die Ebene zu gewinnen.

Aber mit welchen Opfern ward dies erkauft!

Zwanzig der Ihrigen lagen leblos ausgeſtreckt
zwiſchen den Felſen; die Ueberlebenden, höchſtens
fünfzehn an der Zahl, waren größtentheils verwun=
det und von dem Rieſenkampfe, den ſie ſo lange hatten
unterhalten müſſen, erſchöpft.

Indeſſen war noch nicht Alles beendet: um ſich
im offenen Felde zu finden, waren die Patrioten noch
nicht gerüſtet; übrigens machten ſie ſich keine Illuſio=

nen über ihr Schicksal, sondern zogen es vor, da sie
wußten, daß sie keine Gnade von ihren grausamen
Feinden zu erwarten hatten, sich eher tödten zu lassen,
als lebend in deren Hände zu fallen und zu den schreck=
lichsten Martern verurtheilt zu werden.

Dennoch, obwohl ihre Lage noch schwierig war,
hatte sich diese doch wesentlich dadurch verbessert, daß
sie freien Raum um sich hatten, und ihr Wohl von
der Schnelligkeit ihrer Pferde abhing.

Um ihre Feinde zu überfallen, waren die Pinchey=
ras gezwungen gewesen, von ihren Pferden abzustei=
gen und dieselben in geringer Entfernung zu ver=
bergen.

Sobald es den Montoneros gelungen war, sich
Bahn zu brechen, eilten die Pincheyras sogleich dem
Orte zu, wo sie ihre Pferde gelassen hatten, um sie
zu verfolgen.

Dennoch entstand dadurch eine Verzögerung, die
Don Zeno Cabral und seine Gefährten zum Ent=
kommen benutzten, und die Entfernung, die sie von
ihren Feinden trennte, vergrößerte.

Der Anführer der Pincheyras, ein noch junger
Mann von hohem Wuchs und energischen, ausdrucks=
vollen Zügen, mit harter und grausamer Physiognomie,
der schon während des Kampfes Wunder von
Tapferkeit vollführt und besonders gegen Don Zeno
Cabral erbittert schien, den er bei Beginn des Ge=
fechts aus dem Sattel gehoben hatte, erschien fast

unmittelbar wieder. Fast auf den Hals seines Pfer=
des geneigt, schwang er wüthend seine Lanze und
regte durch lautes Geschrei einige zwanzig Reiter,
von denen er gefolgt war, zur größeren Schnellig=
keit an.

Die andern Pincheyras vereinigten sich bald mit
ihm, indem sie zwischen den Felsen und aus den Ge=
büschen einer nach den andern hervorsprengten.

Darauf begann eine rasende, von beiden Seiten
verzweifelte Verfolgung.

Um es ihren Feinden zu erschweren, hatten sich
die Montoneros auf einen großen Raum zerstreut
auf ihren Pferden ausgestreckt, seitwärts im Steigbügel
hängend, und sich mit einer Hand an der Mähne
haltend, um den Bolas und Lassos, welche ihre Feinde
im stürmenden Galopp um ihr Köpfe sausen ließen,
zu entgehen, flohen sie dahin.

Diese Menschenjagd bot, Dank der Geschicklichkeit
dieser erfahrenen Reiter, eines der erregendsten Schau=
spiele mit seltsamen Entwickelungen dar.

Dennoch, ungeachtet der Anstrengungen der Mon=
toneros, näherten sich die Pincheyras, vermittels ihrer
frischen Pferde, rasch; noch einige Minuten und sie
waren in Schußweite von den Flüchtigen, da plötzlich
hallte die Erde wieder unter dem eiligen Hufschlug
einer ansehnlichen Reitertruppe, eine dichte Staubwolke
erschien am Horizont.

Bald öffnete sich diese Wolke und der General,

Don Eusebio Moratin, von der ganzen Cuadrilla
Don Zeno Cabral's gefolgt, drang wüthend auf
die Königlichen ein.

Diese, ihrerseits überrascht — denn schon hielten
sie sich für Sieger — stießen ein Wuthgeschrei aus
wendeten sogleich um und suchten nach allen Rich=
tungen zu entkommen, bedrängt durch die Montoneros,
die ihren Chef erkennend, ihren Eifer verdoppelten.
Don Zeno, der darauf brannte, eine eclatante Rache
für den ihm angethanen Schimpf zu nehmen, drückte
gerührt die Hand des Generals, und obwohl von
Müdigkeit erschöpft und an mehren Stelle verwundet,
stellte er sich an die Spitze seiner Cuadrilla und ver=
folgte die Pincheyras.

. Bald flogen die Bolas und Lasso's von allen
Seiten und die aus ihrem Sattel gehobenen Reiter
rollten mit Wuth= und Schmerzgeschrei zu Boden.

Der Kampf war kurz aber schrecklich. Von der
Cuadrilla eingeschlossen, unterlagen die Pincheyras,
trotz eines verzweifelten Widerstandes und waren
gezwungen, sich zu ergeben.

Keine fünfundzwanzig überlebten den Kampf, die
Andern bedeckten, durch die Lassos erdrosselt, von
Lanzen durchbohrt oder mit durch die furchtbaren
Bolas zerschmettertem Gehirn, weithin das Feld.

Ein einziger Mann war entflohen, ohne daß man
zu errathen vermochte, durch welches Wunder.

Dies war der Anführer der Pincheyras.

Von den Montoneros umzingelt, war er in ein dichtes Gehölz von Perubäumen gedrungen, wohin ihm die Patrioten fast augenblicklich folgten.

Der Pincheyras hatte sich kalt umgewendet; mit dem letzten Schuß seines Carabiners einen derjenigen, die ihm am nächsten waren, getödtet, und war dann mit einem verächtlichen Gelächter in einem dichten Gebüsch verschwunden.

Vergebens stürzten die durch den halsstarrigen Widerstand dieses Mannes und den zuletzt begange= nen Mord erbitterten Montoneros ihm nach, um ihn zu ergreifen; länger als eine Stunde untersuchten sie das Terrain, bogen die Zweige und Büsche aus= einander, klopften mit den Schäften ihrer Lanzen auf den Boden und an die Felsen; es gelang ihnen nicht, auch nur eine Spur von ihrem kühnen Gegner zu entdecken.

Er war unsichtbar geworden. Alle Nachforschun= gen blieben fruchtlos; man konnte ihn nicht wieder= finden; und die Montoneros sahen sich genöthigt, auf seine Habhaftwerbung zu verzichten.

Der General ließ, obwohl wider Willen das Zeichen zum Aufbruch geben. Es kostete ihm viel, diesen Mann nicht nach San=Miguel zu führen; um so mehr als einer der Gefangenen gestand, daß der, den man so vergeblich suchte, kein Anderer als Don Santiago Pincheyra selbst war.

Der Ruf Santiago's war zu anerkannt, als daß

der General nicht darüber in Verzweiflung gewesen wäre, daß ihm seine Gefangennahme mißglückt war.

Indessen mußte er nach der Stadt zurückkehren. Die Gefangenen wurden an den Schwanz der Pferde befestigt und die Cuadrilla kehrte im Galopp nach San-Miguel zurück.

Don Zeno Cabral hatte sich an den General ge= wandt, gerührt seine Hand ergriffen und sprach:

„Sennor General, Sie haben mir das Leben, mehr noch, die Ehre gerettet; was auch kommen mag, ich gehöre Ihnen, zu welcher Zeit es auch sei, ich gebe Ihnen mein Wort darauf."

„Haben Sie Dank, Don Zeno," hatte der Gene= ral mit einem unmerklichen Lächeln dieser warmen Ergießung beantwortet, „ich nehme Ihr Wort an und werde mich daran erinnern."

„Bestimmen Sie in Allem über mich."

Eine Stunde später betrat die Cuadrilla San= Miguel und wurde mit jauchzender Freude von den Einwohnern empfangen, als sie die unglücklichen, ge= fangenen Pincheyras an dem Schwanze der Pferde bemerkten.

Der Zug der Montoneros durch die Straßen der Stadt war ein wahrer Triumphzug.

Ende des ersten Bandes.

Druck von C. G. Naumann in Leipzig.